TRANZLATY

El idioma es para todos

اللغة للجميع

Las Aventuras de Alicia en el País de las Maravillas

مغامرات أليس في بلاد العجائب

Lewis Carroll

لويس كارول

Español / العربية

Por la madriguera del conejo
أسفل حفرة الأرانب

Alicia empezaba a cansarse mucho

بدأت أليس تتعب جدا

Estaba sentada junto a su hermana en el banco de hierba

كانت تجلس بجانب أختها على الضفة العشبية

Pero ella no tenía nada que hacer

لكن لم يكن لديها ما تفعله

Su hermana estaba leyendo un libro

كانت أختها تقرأ كتابا

una o dos veces Alicia echó un vistazo al libro

مرة أو مرتين نظرت أليس إلى الكتاب

Pero el libro no contenía imágenes ni conversaciones

لكن الكتاب لم يكن يحتوي على صور أو محادثات

«¿De qué sirve un libro sin imágenes?», pensó Alicia

"ما فائدة الكتاب بدون صور؟ "، فكرت أليس

"¿Por qué un libro no tendría conversaciones?"

"لماذا لا يحتوي الكتاب على محادثات؟ "

Pero tenía otras cosas que considerar

لكن كان لديها أشياء أخرى يجب مراعاتها

"Hacer una cadena de margaritas sería un placer"

"سيكون من دواعي سروري صنع سلسلة من الإقحوانات "

"¿Pero vale la pena el esfuerzo de levantarse y recoger las margaritas?"

"لكن هل يستحق الأمر الجهد المبذول للنهوض والتقاط الإقحوانات ؟ "

No era tan fácil pensar en esto

لم يكن من السهل التفكير في هذا

porque el día la estaba haciendo sentir somnolienta y estúpida

لأن اليوم كان يجعلها تشعر بالنعاس والغباء

Pero de repente sus pensamientos se vieron interrumpidos

لكن فجأة انقطعت أفكارها

un conejo blanco de ojos rosados corrió cerca de ella

ركض أرنب أبيض بعيون وردية بالقرب منها

No había nada demasiado notable en el conejo

لم يكن هناك شيء رائع للغاية حول الأرنب

y Alicia tampoco pensó que el conejo fuera notable

ولم تعتقد أليس أن الأرنب رائع أيضا

ni le extrañó que el Conejo hablara

ولم يفاجئها عندما تحدث الأرنب

"¡Oh, Dios mío! ¡Llegaré demasiado tarde!", se dijo a sí mismo

"يا عزيزي إساكون متأخرا جدا "إقال لنفسه

pero entonces el Conejo hizo algo que los conejos no hacían

ولكن بعد ذلك فعل الأرنب شيئا لم تفعله الأرانب

el Conejo sacó un reloj del bolsillo de su chaleco

أخرج الأرنب ساعة من جيب صدرية

Miró la hora y luego se apresuró a seguir adelante

نظر إلى الوقت ثم سارع

Alicia se puso en pie, asombrada

وقفت أليس على قدميها في دهشة

¡Nunca antes había visto un conejo con chaleco!

لم تر أرنبا بصدرية من قبل !

¡Tampoco había visto nunca un conejo con reloj!

ولم تر أرنبا يحمل ساعة !

Alicia ardía con una nueva curiosidad

كانت أليس تحترق بفضول جديد

y corrió por el campo tras el Conejo

وركضت عبر الحقل بعد الأرنب

Llegó justo a tiempo para ver desaparecer al conejo

كانت في الوقت المناسب لرؤية الأرنب يختفي

El conejo saltó a una gran madriguera

قفز الأرنب إلى حفرة أرنب كبيرة

¡En otro momento, Alicia bajó detrás del conejo!

في لحظة أخرى ، ذهبت أليس بعد الأرنب !

La madriguera del conejo seguía recto como un túnel

سارت حفرة الأرانب مباشرة مثل النفق

Y el túnel siguió avanzando a cierta distancia

واستمر النفق في السير لبعض المسافة

Y entonces el camino de repente se hundió

ثم انخفض المسار فجأة

Alicia no tuvo ni un momento para pensar en detenerse

لم يكن لدى أليس لحظة للتفكير في إيقاف نفسها

Se encontró a sí misma cayendo y abajo y abajo

وجدت نفسها تسقط وتسقط وهبوطا

Parecía como si hubiera caído en un pozo muy profundo

بدا الأمر كما لو أنها سقطت في بئر عميق جدا

O el pozo era muy profundo, o ella caía muy lentamente

إما أن البئر كانت عميقة جدا ، أو سقطت ببطء شديد

porque tenía tiempo de sobra para caer

لأن لديها متسعا من الوقت لتسقط

Mientras caía, podía mirar a su alrededor

بينما كانت تسقط ، كان بإمكانها أن تنظر حولها

Primero, trató de averiguar a dónde iba

أولا ، حاولت معرفة إلى أين هي ذاهبة

Pero el pozo estaba demasiado oscuro para ver nada

لكن البئر كان مظلما جدا بحيث لا يمكن رؤية أي شيء

Luego miró a los lados del pozo

ثم نظرت إلى جوانب البئر

Y se dio cuenta de que había armarios a su alrededor

ولاحظت أن هناك خزائن في كل مكان حولها

y alrededor del pozo había estanterías de libros

وفي كل مكان حول البئر كانت أرفف الكتب

Aquí y allá veía mapas y cuadros colgados de perchas

هنا وهناك رأت خرائط وصورا معلقة على أوتاد

Al pasar, bajó un frasco de una de las estanterías

أنزلت جرة من أحد الرفوف أثناء مرورها

El frasco estaba etiquetado por su contenido

تم تصنيف الجرة لمحتواها

"MERMELADA DE NARANJAS"

" مربى البرتقال مصنوع من البرتقال "

Pero, para su gran decepción, el frasco de mermelada estaba vacío

ولكن ، لخيبة أملها الكبيرة ، كانت جرة مربى البرتقال فارغة

No quería dejar caer el tarro de mermelada vacío

لم تكن تريد إسقاط جرة مربى البرتقال الفارغة

y su caída fue muy lenta

وكان سقوطها بطيئا جدا

Así que se las arregló para poner el frasco de mermelada en uno de los armarios

لذلك تمكنت من وضع جرة مربى البرتقال في إحدى الخزائن

¡Abajo, abajo, abajo, ella cae!

لأسفل ، لأسفل ، لأسفل تسقط !

¿Llegaría alguna vez la caída a su fin?

هل سينتهي السقوط؟

No había nada más que hacer

لم يكن هناك شيء آخر تفعله

así que Alicia pronto empezó a hablar consigo misma

لذلك سرعان ما بدأت أليس في التحدث إلى نفسها

—¡Dinah me echará mucho de menos esta noche, creo!

"دينا ستفتقدني كثيرا الليلة ، يجب أن أعتقد "!

Dinah era la gata de Alicia

كانت دينا قطة أليس

"Espero que se acuerden de su plato de leche a la hora del té"

"آمل أن يتذكروا صحن الحليب الخاص بها في وقت الشاي "

—¡Dinah, querida, desearía que estuvieras aquí abajo conmigo!

"دينا ، عزيزتي ، أتمنى لو كنت هنا معي "!

Alicia sintió que se estaba quedando dormida

شعرت أليس أنها كانت تغفو

Y de repente, ¡pum! ¡golpe!

ثم فجأة ، ضرب إرطم !

Cayó sobre un montón de palos

سقطت على كومة من العصي

y aterrizó sobre un montón de hojas secas

وهبطت على كومة من الأوراق الجافة

Y finalmente la larga caída por el agujero había terminado

وأخيرا انتهى السقوط الطويل في الحفرة

Alicia no estaba herida en lo más mínimo

لم تتأذى أليس قليلا

Y se levantó de un salto en un momento

وقفزت في غضون لحظة

Alzó la vista, pero todo estaba oscuro sobre su cabeza

نظرت إلى الأعلى ، لكن كل شيء كان مظلما في السماء

Frente a ella había otro largo pasillo

أمامها كان هناك ممر طويل آخر

y el Conejo Blanco seguía a la vista

وكان الأرنب الأبيض لا يزال في الأفق

Corría por el pasillo

كان يسرع في الممر

No había un momento que perder

لم تكن هناك لحظة نضيعها

Alicia salió corriendo como el viento

ركض أليس مثل الريح

A la vuelta de la esquina giró el conejo

قاب قوسين أو أدنى تحول الأرنب

Llegó justo a tiempo para oír al conejo

كانت في الوقت المناسب لسماع الأرنب

"Oh, mis orejas y bigotes"

""أوه ، أذني وشعيراتي "

"¡Qué tarde se está haciendo!"

"كم تأخر الوقت "!

Estaba muy cerca del conejo

كانت قريبة من الأرنب

Dobló otra esquina

'ستدارت حول زاوية أخرى

pero el Conejo ya no se dejaba ver

لكن الأرنب لم يعد يمكن رؤيته

Se encontró en un pasillo largo y bajo

وجدت نفسها في قاعة طويلة منخفضة

La sala estaba iluminada por una hilera de lámparas de techo

أضاءت القاعة بصف من مصابيح السقف

Había puertas por todo el pasillo

كانت هناك أبواب في جميع أنحاء القاعة

pero todas las puertas estaban cerradas con llave

لكن جميع الأبواب كانت مغلقة

Caminó por un lado del pasillo

سارت على طول الطريق على جانب واحد من القاعة

Y ella había caminado todo el camino hasta el otro lado de la sala

وقد سارت على طول الطريق على الجانب الآخر من القاعة

Había intentado todas las puertas

لقد جربت كل باب

Y caminó tristemente por el centro del pasillo

وسارت بحزن في منتصف القاعة

"¿Cómo voy a volver a salir?"

"كيف سأخرج مرة أخرى؟ "

De repente se encontró con una mesita

فجأة جاءت على طاولة صغيرة

La mesa estaba hecha completamente de vidrio macizo

كانت الطاولة مصنوعة بالكامل من الزجاج الصلب

No había nada sobre la mesa, excepto una pequeña llave dorada

لم يكن هناك شيء على الطاولة سوى مفتاح ذهبي صغير

¡La llave podría pertenecer a una de las puertas!

قد ينتمي المفتاح إلى أحد الأبواب !

Pero, ¡ay! Algunas de las cerraduras eran demasiado grandes para las llaves

لكن ، للأسف إكانت بعض الأقفال كبيرة جدا بالنسبة للمفاتيح

y para las otras cerraduras la llave era demasiado pequeña

وبالنسبة للأقفال الأخرى ، كان المفتاح صغيرا جدا

Pero, en cualquier caso, la llave no abrió ninguna de las puertas

ولكن ، على أي حال ، لم يفتح المفتاح أيا من الأبواب

Pero, ¿qué iba a hacer ella?

لكن ماذا كانت تفعل؟

Volvió a atravesar el pasillo

ذهبت عبر القاعة مرة أخرى

Y esta vez se fijó en una cortina baja

وهذه المرة لاحظت ستارة منخفضة

Detrás de la cortina había una puertecita

خلف الستارة كان هناك باب صغير

La puerta tenía unos quince centímetros de alto

كان ارتفاع الباب حوالي خمسة عشر بوصة

Probó la pequeña llave dorada en la cerradura

جربت المفتاح الذهبي الصغير في القفل

Y para su gran deleite, ¡la llave encajó en la cerradura!

ومما يسعدها أن المفتاح يناسب القفل !

Alicia abrió la puerta

فتحت أليس الباب

Y encontró que la puerta daba a un pequeño pasillo

ووجدت الباب يؤدي إلى ممر صغير

El corredor no era mucho más grande que una madriguera de ratas

لم يكن الممر أكبر بكثير من حفرة الفئران

Se arrodilló y miró a lo largo del pasillo

ركعت على ركبتيها ونظرت على طول الممر

Y ella vio el jardín más hermoso que jamás hayas visto

ورأت أجمل حديقة رأيتها على الإطلاق

¡Cómo anhelaba salir de ese oscuro salón

كيف كانت تتوق للخروج من تلك القاعة المظلمة

cómo quería vagar entre esas flores brillantes

كيف أرادت أن تتجول بين تلك الزهور الزاهية

¡Qué genial se veían esas fuentes

كم بدت تلك النوافير المنعشة الرائعة

Pero ni siquiera podía meter la cabeza por la puerta

لكنها لم تستطع حتى إدخال رأسها عبر المدخل

-¡Oh! -exclamó Alicia con tristeza-

"أوه "، قالت أليس بحزن

"¡Cómo desearía poder plegarme como un telescopio!"

"كم أتمنى أن أتمكن من طي مثل التلسكوب "!

"Creo que podría plegarme como un telescopio"

"أعتقد أنني أستطيع الطي مثل التلسكوب "

"Si supiera cómo empezar"

"لو كنت أعرف فقط كيف أبدأ "

Alicia volvió a la mesa

عادت أليس إلى الطاولة

Existía la posibilidad de encontrar otra llave

كانت هناك فرصة للعثور على مفتاح آخر

O podría haber un libro de reglas

أو قد يكون هناك كتاب من القواعد

El libro podría decirle cómo plegarse como un telescopio

يمكن أن يخبرها الكتاب كيف تطوى مثل التلسكوب

Esta vez encontró una botellita

هذه المرة وجدت زجاجة صغيرة

—Esta botella no estaba aquí antes —dijo Alicia—

قالت أليس" :هذه الزجاجة بالتأكيد لم تكن هنا من قبل "

y atada alrededor del cuello de la botella había una etiqueta de papel

وكان مربوطا حول عنق الزجاجة ملصق ورقي

La etiqueta estaba bellamente impresa en letras grandes

تمت طباعة الملصق بشكل جميل بأحرف كبيرة

"BÉBEME"

"اشربني "

—No, miraré primero —dijo ella—

قالت" :لا ، سأنظر أولا "

"Veré si la botella está marcada como venenosa o no"

"سأرى ما إذا كانت الزجاجة تحمل علامة سامة أم لا ، "

porque nunca olvidó la lección sobre el veneno

لأنها لم تنس أبدا درس السم

"Si una botella está etiquetada como venenosa, es probable que no esté de acuerdo contigo"

"إذا تم تصنيف الزجاجة على أنها سامة ، فلا بد أن تختلف معك "

Sin embargo, esta botella no estaba marcada como venenosa

ومع ذلك ، لم يتم تمييز هذه الزجاجة على أنها سامة

así que Alicia se aventuró a probar el contenido de la botella

لذلك غامرت أليس بتذوق محتوى الزجاجة

Encontró el líquido bastante de su agrado

لقد وجدت السائل يرضيها تماما

La bebida tenía una especie de sabor mezclado

كان للمشروب نوع من النكهة المختلطة

tarta de cerezas, natillas y piña

تارت الكرز والكاسترد والأناناس

Pavo asado, caramelo y tostadas con mantequilla caliente

الديك الرومي المشوي والتوفي والخبز المحمص بالزبدة الساخنة

Y pronto acabó la botella

وسرعان ما أنهت الزجاجة

-¡Qué sensación tan curiosa! -exclamó Alicia-

"يا له من شعور غريب "إقالت أليس

"¡Me estoy pliegando como un telescopio!"

"أنا مطوي مثل التلسكوب "!

¡Y se estaba pliegando como un telescopio!

وكانت تطوي مثل التلسكوب بالفعل !

Ahora solo medía diez pulgadas de alto

كان ارتفاعها الآن عشر بوصات فقط

y su rostro se iluminó con sus pensamientos

وأشرق وجهها من أفكارها

Ahora ella tenía el tamaño adecuado para la pequeña puerta

الآن كانت بالحجم المناسب للباب الصغير

Ahora podía entrar en ese hermoso jardín

الآن يمكنها الذهاب إلى تلك الحديقة الجميلة

Pronto dejó de hacerse más pequeña

سرعان ما توقفت عن الصغر

Decidió ir al jardín de inmediato

قررت الذهاب إلى الحديقة على الفور

pero, ¡ay de la pobre Alicia!

لكن ، للأسف لأليس المسكينة !

Llegó a la puerta

وصلت إلى الباب

Pero había olvidado la pequeña llave de oro

لكنها نسيت المفتاح الذهبي الصغير

Volvió a la mesa en busca de la llave

عادت إلى الطاولة للحصول على المفتاح

Pero se dio cuenta de que no podía llegar lo suficientemente alto

لكنها وجدت أنها لا تستطيع الوصول إلى عال بما فيه الكفاية

Podía ver la llave claramente a través del cristal

كان بإمكانها رؤية المفتاح بوضوح تام من خلال الزجاج

Trató de trepar por las patas de la mesa

حاولت تسلق أرجل الطاولة

Pero el cristal era demasiado resbaladizo

لكن الزجاج كان زلقا جدا

Con el tiempo se cansó de intentarlo

في النهاية تعبت نفسها من المحاولة

Y la pobre niña se sentó y lloró

وجلست الفتاة الصغيرة المسكينة وبكت

Alicia se habló a sí misma con bastante brusquedad

تحدثت أليس إلى نفسها بحدة إلى حد ما

"¡Vamos, no sirve de nada llorar así!"

"تعال ، لا فائدة من البكاء بهذه الطريقة "!

"¡Te aconsejo que te detengas ahora mismo!"

"أنصحك بالتوقف في هذه اللحظة "!

En general, se daba muy buenos consejos

لقد أعطت نفسها بشكل عام نصيحة جيدة جدا

aunque muy rara vez seguía sus propios consejos

على الرغم من أنها نادرا ما اتبعت نصيحتها الخاصة

Y a veces era demasiado dura consigo misma

وكانت في بعض الأحيان قاسية جدا على نفسها

y sus palabras hicieron que se le llenaran los ojos de lágrimas

وجلبت كلماتها الدموع في عينيها

Pronto sus ojos se posaron en una cajita de cristal

سرعان ما سقطت عينها على صندوق زجاجي صغير

La cajita de cristal estaba debajo de la mesa

كان الصندوق الزجاجي الصغير ملقى تحت الطاولة

En la caja de cristal había un pastel muy pequeño

في الصندوق الزجاجي كانت كعكة صغيرة جدا

En el pastel, algunas palabras estaban bellamente escritas

على الكعكة كانت بعض الكلمات مكتوبة بشكل جميل

Las palabras habían sido marcadas con grosellas

تم تمييز الكلمات بالكشمش

"CÓMEME"

"تناولني "

—Bueno, me comeré el pastel —dijo Alicia—

قالت أليس" حسنا ، سآكل الكعكة "

"y si el pastel me hace crecer, puedo llegar a la llave"

"وإذا كانت الكعكة تجعلني أكبر ، يمكنني الوصول إلى المفتاح "

"y si el pastel me hace más pequeño, puedo arrastrarme por debajo de la puerta"

"وإذا جعلتني الكعكة أصغر ,يمكنني أن أتسلل تحت الباب "

"así que de cualquier manera me meteré en el jardín"

"لذا في كلتا الحالتين سأدخل الحديقة "

"¡Y no me importa cuál de los dos suceda!"

"ولا يهمني أي من الاثنين يحدث "!

Se comió un pedacito del pastel

أكلت القليل من الكعكة

Y se habló a sí misma con ansiedad:

وتحدثت بقلق إلى نفسها :

—¿De qué manera? ¿Hacia dónde?

"في أي اتجاه؟ في أي اتجاه؟ "

Y se llevó la mano a la cabeza

وأمسكت يدها على رأسها

Quería sentir de qué manera estaba creciendo

أرادت أن تشعر بالطريقة التي كانت تنمو بها

Se sorprendió bastante al descubrir lo que había sucedido

لقد فوجئت تماما بالعثور على ما حدث

¡Había permanecido del mismo tamaño!

لقد بقيت بنفس الحجم !

Así que esta vez redobló sus esfuerzos

لذلك ضاعفت هذه المرة جهودها

Y pronto terminó todo el pastel

وسرعان ما أنهت الكعكة بأكملها

El charco de lágrimas
بركة الدموع

-¡Esto se está poniendo cada vez más interesante! -exclamó
Alicia-

"هذا يزداد إثارة للاهتمام "!صرخت أليس

Se puede ver que estaba muy sorprendida

يمكنك أن ترى أنها كانت مندهشة جدا

"¡Me estoy abriendo como el telescopio más grande que
jamás haya existido!"

"أنا أفتح مثل أكبر تلسكوب على الإطلاق"!

—¡Adiós, pies! ¡Oh, mis pobres piecitos!—

"وداعا أيها القدمين !أوه ، قدمي الصغيرة المسكينة"

"Me pregunto quién se pondrá sus zapatos por ustedes
ahora, queridos".

"أتساءل من سيرتدي حذائك من أجلك الآن ، أعزاء؟"

—¿Y me pregunto quién se pondrá las medias?

"وأتساءل من سيرتدي جواربك؟"

"Estaré demasiado lejos"

"سأكون بعيدا جدا"

"No podré preocuparme más por ti"

"لن أكون قادرا على إزعاج بشأنك بعد الآن"

Justo en ese momento su cabeza golpeó contra algo

في هذه اللحظة فقط اصطدم رأسها بشيء ما

Había llegado al techo de la sala

كانت قد وصلت إلى سطح القاعة

De hecho, ahora medía más de dos metros de altura

في الواقع ، كان طولها الآن أكثر من مترين

Y al instante tomó la pequeña llave de oro

وأخذت على الفور المفتاح الذهبي الصغير

Y se apresuró a llegar a la puerta del jardín

وهرعت إلى باب الحديقة

¡Pobre Alicia! No había mucho que pudiera hacer

أليس المسكينة !لم يكن هناك الكثير الذي يمكنها فعله

Se acostó de lado

استلقيت على جانب واحد

Y miró al jardín con un ojo

ونظرت إلى الحديقة بعين واحدة

Pero salir adelante era más desesperado que nunca

لكن العبور كان ميؤوسا منه أكثر من أي وقت مضى

Se sentó y comenzó a llorar de nuevo

جلست وبدأت في البكاء مرة أخرى

Siguió derramando galones de lágrimas

واصلت ذرف جالونات من الدموع

Pronto había un gran estanque a su alrededor

سرعان ما كان هناك مسبح كبير حولها

Y el agua llegaba hasta la mitad del pasillo

ووصل الماء إلى منتصف الطريق إلى أسفل القاعة

Al cabo de un rato, oyó un pequeño golpeteo de pies

بعد فترة ، سمعت القليل من قعقعة القدمين

Oyó los pasos que venían de lejos

سمعت القدمين قادمة من بعيد

Y se secó los ojos apresuradamente para ver lo que venía

وجففت عينيها على عجل لترى ما سيحدث

Era el Conejo Blanco que regresaba

كان الأرنب الأبيض عائدا

Iba espléndidamente vestido

كان يرتدي ملابس رائعة

Tenía un par de guantes blancos en una mano

كان لديه زوج من القفازات البيضاء في يد واحدة

y tenía un gran abanico de plumas en la otra mano

وكان لديه مروحة كبيرة من الريش في اليد الأخرى

Llegó trotando a toda prisa

جاء وهو يهرول في عجلة من أمره

y murmuró para sí: "¡Oh! ¡La duquesa, la duquesa!

وتمتم لنفسه ،" أوه !الدوقة ، الدوقة!

—¡Oh! ¡No será salvaje si la he hecho esperar!

"أوه !ألن تكون متوحشة إذا أبقيتها تنتظر!

Cuando el Conejo se acercó a ella, Alicia habló

عندما اقترب منها الأرنب ، تحدثت أليس

Pero ella hablaba en voz baja y tímida

لكنها تحدثت بصوت منخفض وخجول

"Señor, por favor, deje de hacer lo que está haciendo por un momento"

"سيدي ، من فضلك توقف عما تفعله للحظة واحدة"

El Conejo se sobresaltó violentamente

أذهل الأرنب بعنف

Dejó caer los guantes blancos y el abanico de plumas

أسقط القفازات البيضاء ومروحة الريش

Y se escabulló en la oscuridad lo más rápido que pudo

واندفع بعيدا في الظلام بأسرع ما يمكن

Alicia recogió el abanico de plumas y los guantes

التقطت أليس مروحة الريش والقفازات

Y no paraba de abanicarse mientras seguía hablando

واستمرت في تهوية نفسها بينما استمرت في الحديث

"¡Querido, querido! ¡Qué extraño es todo hoy!"

"عزيزتي ، عزيزي إكم هو غريب كل شيء اليوم!"

"Ayer las cosas siguieron como siempre"

"بالأمس سارت الأمور كالمعتاد"

—¿Era yo el mismo cuando me levanté esta mañana?

"هل كنت هو نفسه عندما استيقظت هذا الصباح؟"

"Pero si no soy el mismo, hay otra cuestión"

"ولكن إذا لم أكن هو نفسه ، فهناك سؤال آخر"

"¿Quién demonios soy yo?"

"من في العالم أنا؟"

"¡Ah, ese es el gran rompecabezas!"

"آه ، هذا هو اللغز العظيم"!

Al decir esto, se miró las manos

عندما قالت هذا ، نظرت إلى يديها

Llevaba uno de los Conejos, gusanos blancos

كانت ترتدي أحد القفازات البيضاء الصغيرة للأرانب

No se había dado cuenta de que se había puesto el guante mientras hablaba

لم تلاحظ أنها ارتدت القفاز أثناء التحدث

"¿Cómo pude haber hecho eso?", pensó

"كيف يمكنني أن أفعل ذلك؟ "فكرت

"Debo estar haciéndome pequeño otra vez"

"يجب أن أكون صغيرا مرة أخرى"

Se levantó y se acercó a la mesa para medir su altura

نهضت وذهبت إلى الطاولة لقياس طولها

Descubrió que ahora medía aproximadamente medio metro de altura

وجدت أنها الآن يبلغ طولها حوالي نصف متر

Y ella seguía encogiéndose rápidamente

وكانت لا تزال تتقلص بسرعة

Pronto descubrió cuál era la causa del encogimiento

سرعان ما اكتشفت سبب الانكماش

¡El abanico de plumas la estaba haciendo más pequeña de nuevo!

كانت مروحة الريش تجعلها أصغر مرة أخرى!

Y dejó caer el abanico de plumas apresuradamente

وأسقطت مروحة الريشة على عجل

Dejó caer el abanico de plumas justo a tiempo para salvarse

أسقطت مروحة الريشة في الوقت المناسب لإنقاذ نفسها

Si se hubiera abanicado por más tiempo, se habría encogido por completo

لو كانت تهوية نفسها بعد الآن لكانت قد تقلصت تماما

-¡Ha sido una fuga por los pelos! -dijo Alicia-

"كان ذلك هروبا ضيقا "إقالت أليس

Y se asustó mucho ante el cambio repentino

وكانت خائفة كثيرا من التغيير المفاجئ

pero estaba muy contenta de encontrarse todavía en existencia

لكنها كانت سعيدة جدا لتجد نفسها لا تزال موجودة

—¡Y ahora, al jardín!

"والآن ، انطلق إلى الحديقة"!

Y corrió a toda prisa hacia la puertecita

وركضت بكل سرعة عائدة إلى الباب الصغير

Pero, ¡ay! La puertecita se cerró de nuevo

لكن ، للأسف إتم إغلاق الباب الصغير مرة أخرى

Y la pequeña llave de oro volvía a estar sobre la mesa de cristal

وكان المفتاح الذهبي الصغير مستلقيا على الطاولة الزجاجية مرة أخرى

"Las cosas están peor que nunca", pensó el pobre niño

"الأمور أسوأ من أي وقت مضى "، فكر الطفل المسكين

"Nunca antes había sido tan pequeño como esto, ¡nunca!"

"لم أكن أبدا صغيرا مثل هذا من قبل ، أبدا"!

Al decir estas palabras, su pie resbaló

عندما قالت هذه الكلمات ، انزلقت قدمها

¡Y en otro momento hubo un gran chapoteo!

وفي لحظة أخرى كان هناك دفقة كبيرة!

Estaba sumergida en agua salada hasta la barbilla

كانت تصل إلى ذقنها في الماء المالح

Su primera idea fue que de alguna manera había caído al mar

كانت فكرتها الأولى هي أنها سقطت بطريقة ما في البحر

Sin embargo, pronto se dio cuenta de en qué estaba metida

ومع ذلك ، سرعان ما أدركت ما كانت فيه

Estaba en un charco de lágrimas

كانت في بركة من الدموع

las lágrimas que había llorado cuando tenía dos metros de altura

الدموع التي بكت عندما كان طولها مترين

Justo en ese momento escuchó algo

عندها فقط سمعت شيئا

Algo chapoteaba en la piscina

كان هناك شيء يتناثر في المسبح

El chapoteo venía de un poco más lejos

جاء الرش من بعيد قليلا

Y se acercó nadando para ver qué era el chapoteo

وسبحت بالقرب لترى ما هو الرش

Pronto vio que era solo un ratoncito

سرعان ما رأت أنه كان مجرد فأر صغير

El ratoncito también se había metido en el agua

انزلق الفأر الصغير إلى الماء أيضا

Alicia pensó para sí misma sobre la situación

فكرت أليس في نفسها في الموقف

—¿Serviría de algo hablar con este ratón?

"هل سيكون من المفيد التحدث إلى هذا الفأر؟"

"Aquí todo está tan al revés"

"كل شيء مقلوب للغاية هنا"

"Creo que es muy probable que este ratón pueda hablar"

"يجب أن أعتقد على الأرجح أن هذا الفأر يمكنه التحدث"

"En cualquier caso, no hay nada de malo en intentarlo"

"على أي حال ، لا ضرر من المحاولة"

Así que empezó a tratar de hablar con el ratón

لذلك بدأت تحاول التحدث إلى الفأر

"Oh Ratón, ¿conoces la forma de salir de esta piscina?"

"يا فأر ، هل تعرف طريقة الخروج من هذا البركة؟"

—¡Estoy muy cansado de nadar por aquí, oh ratón!

"لقد سئمت جدا من السباحة هنا ، يا فأر"!

El ratón la miró con curiosidad

نظر إليها الفأر بفضول إلى حد ما

El ratón parecía guiñar un ojo con uno de sus ojitos

بدا أن الفأر يغمز بإحدى عينيه الصغيرتين

Pero el ratoncito no dijo nada

لكن الفأر الصغير لم يقل شيئا

"A lo mejor el ratón no entiende inglés", pensó Alicia

"ربما الفأر لا يفهم اللغة الإنجليزية "، فكرت أليس

"Me atrevo a decir que es un ratón francés"

"أجرؤ على القول إنه فأر فرنسي"

"tal vez este ratón vino con Guillermo el Conquistador"

"ربما جاء هذا الفأر مع ويليام الفاتح"

Así que empezó de nuevo, en francés

لذلك بدأت مرة أخرى باللغة الفرنسية

"¿Dónde está mi gato?", preguntó en francés

"أين قطتي؟ "سألت بالفرنسية

era la primera frase de su libro de clases de francés

كانت الجملة الأولى في كتاب دروس اللغة الفرنسية

El Ratón dio un súbito salto fuera del agua

قفز الفأر فجأة من الماء

y el ratón pareció temblar de miedo

وبدا أن الفأر يرتجف في كل مكان من الخوف

-¡Oh, le ruego que me perdone! -exclamó Alicia
apresuradamente-

"أوه ، أطلب العفو "إصرخت أليس على عجل

Temía haber herido los sentimientos del pobre animal

كانت خائفة من أنها قد جرحت مشاعر المسكين

"Olvidé que no te gustaban los gatos"

"لقد نسيت تماما أنك لا تحب القطط"

—¡No me gustan los gatos! —exclamó el ratón con voz estridente y apasionada—

"أنا لا أحب القطط "إصرخ الفأر بصوت حاد وعاطفي

—¿Te gustaría tener gatos, si fueras yo?

"هل تريد القطط ، إذا كنت أنا؟"

Alicia consoló al ratón en un tono tranquilizador

أراحت أليس الماوس بنبرة مهدئة

"Bueno, tal vez a mí tampoco me gustarían los gatos si fuera tú"

"حسنا ، ربما لا أحب القطط إذا كنت مكانك أيضا"

"Por favor, no te enfades por la mención de los gatos"

"من فضلك لا تغضب من ذكر القطط"

"Y, sin embargo, desearía poder mostrarte a nuestra gata Dinah"

"ومع ذلك أتمنى أن أريك قطتنا دينا"

"Si la conocieras, creo que te encapricharías de los gatos"

"إذا قابلتها ، أعتقد أنك ستتخيل القطط"

"Si tan solo pudieras verla"

"إذا كان بإمكانك رؤيتها فقط"

"Es una cosa tan querida y tranquila"

"إنها شيء عزيز وهادئ"

El ratón temblaba por todas partes

كان الفأر يرتجف في كل مكان

Alicia estaba segura de que el ratón debía de estar realmente ofendido

شعرت أليس بالتأكد من أن الفأر يجب أن يشعر بالإهانة حقا

"No hablaremos más de ella, si prefieres no hacerlo"

"لن نتحدث عنها بعد الآن ، إذا كنت تفضل عدم ذلك"

-¡Nosotros, en efecto! -exclamó el Ratón-

"نحن ، حقا "إصرخ الفأر

El ratón temblaba hasta la punta de la cola

كان الفأر يرتجف حتى نهاية ذيله

—¡Como si fuera a hablar de un tema así!

"كما لو كنت سأتحدث عن مثل هذا الموضوع"!

"Nuestra familia siempre odió a los gatos"

"عائلتنا تكره القطط دائما"

"Gatos; ¡Cosas desagradables, bajas, vulgares!"

"القطط .أشياء سيئة ، منخفضة ، مبتذلة!"

"¡No dejes que vuelva a escuchar el nombre!"

"لا تدعني أسمع الاسم مرة أخرى"!

-¡No volveré a hablar de los gatos! -dijo Alicia-

"لن أذكر القطط مرة أخرى بالفعل "إقالت أليس

Tenía mucha prisa por cambiar de tema

كانت في عجلة من أمرها لتغيير الموضوع

"¿Eres tú... ¿Te gustan los perros?

"هل أنت ... هل أنت مغرم بالكلاب؟

"Hay un perrito tan simpático cerca de nuestra casa"

"هناك مثل هذا الصغير اللطيف بالقرب من منزلنا ،"

—¡Me gustaría enseñarte el perrito!

"أود أن أريك الصغير"!

"Este perrito mata a todas las ratas y...

"هذا الصغير يقتل كل الفئران و..."

-¡Oh, querida! -exclamó Alicia en tono triste-

"أوه ، عزيزي "إصرخت أليس بنبرة حزينة

"¡Me temo que te he ofendido de nuevo!"

"أخشى أنني أساءت إليك مرة أخرى"!

El ratón se alejaba nadando de ella tan rápido como podía

كان الفأر يسبح بعيدا عنها بأسرع ما يمكن أن يذهب

y el ratón hizo un gran alboroto en la piscina

وأثار الفأر ضجة كبيرة في المسبح

Así que llamó suavemente al ratón

لذلك اتصلت بهدوء بعد الفأر

"¡Mi querido ratón, por favor vuelve!"

"عزيزي الفأر ، من فضلك عد"!

"Y no hablaremos de gatos"

"ولن نتحدث عن القطط"

"Y tampoco tenemos que hablar de perros"

"وليس علينا التحدث عن أيضا"

Cuando el ratón escuchó esto, se dio la vuelta

عندما سمع الفأر هذا ، استدار

Y el ratoncito nadó lentamente de regreso a ella

وسبح الفأر الصغير ببطء عائدا إليها

La cara del ratón estaba bastante pálida

كان وجه الفأر شاحبا جدا

Y el ratón habló, en voz baja y temblorosa

وتحدث الفأر بصوت منخفض يرتجف

"Vamos a la orilla"

"دعونا نصل إلى الشاطئ"

"y luego te contaré mi historia"

"وبعد ذلك سأخبرك بتاريخي"

"y entenderás por qué odio a los gatos y a los perros"

"وستفهم لماذا أكره القطط"

Ya era hora de partir

لقد حان الوقت للذهاب

porque la piscina se estaba llenando bastante

لأن المسبح كان مزدحما للغاية

Otros pájaros y animales habían caído en el estanque

سقطت طيور أخرى في البركة

había un pato y un dodo

كان هناك بطة ودودو

y había un pájaro lori y un aguilucho

وكان هناك طائر لوري ونسر

Y había varias otras criaturas de aspecto interesante

وكان هناك العديد من المخلوقات الأخرى ذات المظهر المثير للاهتمام

Alicia abrió el camino para salir de la piscina

قادت أليس الطريق للخروج من المسبح

Y todo el grupo de animales nadó hasta la orilla

وسبحت مجموعة بأكملها إلى الشاطئ

Una carrera de caucus y una larga cola

سباق حزبي وذيل طويل

De hecho, eran un grupo de animales de aspecto gracioso

لقد كانوا بالفعل مجموعة من ذات المظهر المضحك

Y todos se reunieron a la orilla del agua

وتجمعوا جميعا على ضفة المياه

Todos los pájaros tenían las plumas desaliñadas

كانت جميع الطيور لديها ريش ممزق

y los animales peludos estaban empapados

وغارقة ذات الفراء

y todos estaban empapados, molestos e incómodos

وكان الجميع يقطر مبللة ومنزعجة وغير مريحة

Había una pregunta que había que responder primero

كان هناك سؤال واحد يجب الإجابة عليه أولا

¿Cuál es la mejor manera de que todos se sequen?

ما هي أفضل طريقة للجميع للجفاف؟

Tuvieron una consulta sobre este asunto

لقد أجروا مشاورات حول هذا الأمر

Pronto todos se sintieron en términos familiares

سرعان ما أصبحوا جميعا على شروط مألوفة

Era como si los conociera de toda la vida

كان الأمر كما لو كانت تعرفهم طوال حياتها

El ratón parecía ser una persona de cierta autoridad

بدا الفأر وكأنه شخص يتمتع ببعض السلطة

"¡Siéntense todos y escúchenme!

"اجلس ، جميعكم ، واستِمعوا إلي!"

"¡Pronto los volveré a secar!"

"سأجعلكم جميعا تجففون قريبا مرة أخرى"!

Se sentaron todos a la vez, en un gran círculo

جلسوا جميعا في وقت واحد ، في حلقة كبيرة

y el ratoncito se sentó en el medio

وجلس الفأر الصغير في المنتصف

—¡Ejem! —dijo el ratón con aire importante—

"مهم "!قال الفأر بهواء مهم

"¿Están todos listos?"

"هل أنتم مستعدون تماما؟"

"Esto es lo más seco que conozco"

"هذا هو أكثر الأشياء جفافا التي أعرفها"

—¡Silencio por todas partes, por favor!

"الصمت في كل مكان ، إذا سمحت"!

"Guillermo el Conquistador fue favorecido por el Papa"

"كان وليام الفاتح مفضلا من قبل البابا"

"pero pronto fue sometido por los ingleses"

"لكنه سرعان ما خضع له الإنجليز"

"Últimamente querían líderes"

"لقد أرادوا قادة في الآونة الأخيرة"

"Y se habían acostumbrado al poder y a la conquista"

"وقد اعتادوا على السلطة والغزو"

"Edwin y Morcar, los condes de Mercia y Northumbria"

"إدوين وموركار ، إيرل ميرسيا ونورثمبريا"

—¡Uf! —exclamó el pájaro lori con un escalofrío—

"قرف "!قال طائر لوري برعشة

"e incluso Stigand, el patriota arzobispo de Canterbury"

"وحتى ستيجاند ، رئيس أساقفة كانتربري الوطني"

"A él también le pareció aconsejable"

"وجد ذلك مستنصوبا أيضا"

-¿Qué le pareció aconsejable? -dijo el pato-

"ما الذي وجد أنه مستحسن؟ "قالت البطة

—Le pareció aconsejable —replicó el ratón con cierto enfado—

"لقد وجد أنه من المستحسن ذلك "أجاب الفأر بغضب إلى حد ما

Pero el pato no estaba satisfecho

لكن البطة لم تكن راضية

"Por supuesto, ya sabes lo que significa"

"بالطبع ، أنت تعرف ما تعنيه "إنها""

—Sé lo que es cuando encuentro una cosa —dijo el pato—

قالت البطة" :أعرف ما هو "عندما أجد شيئا ما

"Generalmente es una rana o un gusano"

"إنه بشكل عام ضفدع أو دودة"

"La pregunta es, ¿qué encontró el arzobispo?"

"السؤال هو ، ماذا وجد رئيس الأساقفة؟"

El ratón no se dio cuenta de esta pregunta

لم يلاحظ الفأر هذا السؤال

En cambio, el ratón continuó apresuradamente con el discurso

بدلا من ذلك ، واصل الفأر على عجل الخطاب

"le pareció aconsejable ir con Edgar Atheling"

"وجد أنه من المستحسن الذهاب مع إدغار أثيلينج"

"para encontrarme con Guillermo y ofrecerle la corona"

"لمقابلة ويليام وتقديم التاج له"

el ratón continuó, volviéndose hacia Alicia mientras hablaba

واصل الفأر ، متفت إلى أليس وهو يتحدث

—¿Cómo te va ahora, querida?

"كيف حالك الآن يا عزيزي؟"

—Tan mojado como siempre —dijo Alicia en tono melancólico—

"مبللة أكثر من أي وقت مضى "، قالت أليس بنبرة حزينة

"Esta historia no parece que me seque en absoluto"

"لا يبدو أن هذه القصة تجففني على الإطلاق"

—En ese caso —dijo solemnemente el dodo, poniéndose en pie—

"في هذه الحالة "، قال الدودو رسميا ، وهو يقف على قدميه

"Voto que se levante la sesión"

"أصوت على تأجيل الجلسة"

"y propongo la adopción inmediata de remedios más enérgicos"

"وأقترح الاعتماد الفوري لعلاجات أكثر نشاطا"

—¡Di palabras de verdad! —dijo el aguilucho—

"تحدث بكلمات حقيقية "إقال النسر!

"No conozco el significado de la mitad de esas palabras largas"

"لا أعرف معنى نصف تلك الكلمات الطويلة"

—¡Y, lo que es más, tampoco creo que tú lo sepas!

"والأكثر من ذلك ، لا أعتقد أنك تعرف أيضا"!

—Lo que iba a decir —dijo el dodo en tono ofendido—

"ما كنت سأقوله "، قال طائر الدودو بنبرة مستاءة

"Lo mejor para deshacernos sería una contienda electoral"

"أفضل شيء لجعلنا يجففون هو سباق المؤتمر"

—¿Qué es una contienda electoral? —preguntó Alicia

"ما هو سباق المؤتمرات الحزبية؟ "قالت أليس

—Bueno —dijo el dodo—, la mejor manera de explicarlo es hacerlo.

قال طائر الدودو: "حسنا ، أفضل طريقة لشرح ذلك هي القيام بذلك"

"Primero el dodo trazó un hipódromo"

"أولا ، حدد طائر الدودو مضمار سباق"

"La pista estaba en una especie de círculo"

"كان المسار في نوع من الدائرة"

"Y luego todo el grupo se colocó a lo largo del recorrido"

"ثم تم وضع كل الحفلة على طول المسار"

No hubo "¡Uno, dos, tres y fuera!"

"لم يكن هناك" واحد ، اثنان ، ثلاثة وبعيدا"!

pero empezaron a correr cuando quisieron

لكنهم بدأوا في الركض عندما يحبون

Y también terminaban cuando querían

وانتهوا أيضا عندما أحلو لهم

Así que no era fácil saber cuándo había terminado la carrera

لذلك لم يكن من السهل معرفة متى انتهى السباق

Después de media hora más o menos de correr, todos estaban bastante secos

بعد نصف ساعة أو نحو ذلك من الجري ، كانوا جميعا جافين تماما

el dodo gritó de repente: "¡La carrera ha terminado!"

صرخ طائر الدودو فجأة ،" انتهى السباق"!

Y todos se agolparon alrededor del dodo

واحتشدوا جميعا حول طائر الدودو

Todos los animales jadeaban y resoplaban

كانت جميع تلهث وتنتفخ

y todos querían saber: "¿Pero quién ha ganado?"

وأرادوا جميعا أن يعرفوا ،" لكن من فاز؟"

El dodo no pudo responder de inmediato a esta pregunta

لم يستطع طائر الدودو الإجابة على هذا السؤال على الفور

Primero tuvo que pensar mucho

أولا كان عليه أن يفكر كثيرا

Después de pensarlo mucho, el Dodo finalmente habló

بعد الكثير من التفكير ، تحدث طائر الدودو أخيرا

"Todos han ganado y todos deben tener premios"

"لقد فاز الجميع ، ويجب أن يحصل الجميع على جوائز"

"¿Pero quién va a dar los premios?", preguntó un coro de

voces

"لكن من سيعطي الجوائز؟" "سألت جوقة من الأصوات

—Bueno, ella, por supuesto —dijo el dodo—

"حسنا ، هي ، بالطبع "، قال طائر الدودو

y el dodo señaló con un dedo a Alicia

وأشار طائر الدودو بإصبع واحد إلى أليس

y todo el grupo de animales se agolpó a su alrededor

ومجموعة بأكملها مزدحمة حولها

gritaron, de manera confusa: "¡Premios! ¡Premios!"

نادوا بطريقة مرتبكة ،" الجوائز إالجوائز "!

Alicia no tenía ni idea de qué hacer

لم يكن لدى أليس أي فكرة عما يجب القيام به

Desesperada, se metió la mano en el bolsillo

في حالة من اليأس وضعت يدها في جيبها

Y sacó una caja de dulces

وسحبت علبة حلويات

Por suerte, el agua salada no había entrado en la caja

لحسن الحظ ، لم تدخل المياه المالحة في الصندوق

Y repartió los dulces como premios

وسلمت الحلويات كجوائز

Había exactamente una pieza para todos

كان هناك قطعة واحدة بالضبط للجميع

Lo siguiente que tenían que hacer era comer los dulces

الشيء التالي الذي كان عليهم فعله هو تناول الحلويات

Esto causó algo de ruido y confusión

تسبب هذا في بعض الضوضاء والارتباك

Los grandes pájaros se quejaban de que no podían saborear
sus dulces

اشتكت الطيور الكبيرة من أنها لا تستطيع تذوق حلوياتها

Los pequeños se ahogaron y hubo que darles palmaditas en
la espalda

اختنق الصغار وكان لا بد من التربيت على ظهورهم

Sin embargo, al fin se acabó

ومع ذلك ، انتهى الأمر أخيرا

y se sentaron de nuevo en un anillo

وجلسوا مرة أخرى في حلقة

Y le rogaron al ratón que les dijera algo más

وتوسلوا إلى الفأر أن يخبرهم بشيء أكثر

—Prometiste contarme tu historia, ¿sabes? —dijo Alicia—

قالت أليس" لقد وعدت أن تخبرني بتاريخك ، كما تعلم"

E hizo otro pequeño comentario sobre los gatos en un susurro

وأدلت بملاحظة صغيرة أخرى عن القطط في همس

No quería volver a ofender al ratón

لم تكن تريد الإساءة إلى الفأر مرة أخرى

el ratoncito se volvió hacia Alicia y suspiró

التفت الفأر الصغير إلى أليس وتنهد

—¡La mía es una larga y triste historia!

"حكايتي طويلة وحزينة"!

—Es una cola larga, sin duda —dijo Alicia—

قالت أليس" إنه ذيل طويل بالتأكيد"

Y miró con asombro la cola del ratón

ونظرت إلى الأسفل بدهشة إلى ذيل الفأر

—¿Pero por qué le llamas cola triste?

"لكن لماذا تسميها ذيلا حزينا؟"

Y ella seguía desconcertada al respecto mientras el ratón hablaba

واستمرت في الحيرة حيال ذلك بينما كان الفأر يتحدث

de modo que su idea del cuento era más o menos así

بحيث كانت فكرتها عن الحكاية شيئا من هذا القبيل

"Fury said to
a mouse, That
he met in the
house, 'Let
us both go
to law: _I_
will prosecute
you.—
Come, I'll
take no denial:
We must have
the trial;
For really
this morning
I've
nothing
to do.'
Said the
mouse to
the cur,
'Such a
trial, dear
sir, With
no jury
or judge,
would
be wasting
our
breath.'
'I'll be
judge,
I'll be
jury,'
said
cunning
old
Fury;
'I'll
try
the
whole
cause,
and
condemn
you to
death.'"

Furia le dijo a un ratón: "Que se encontró en la casa"

قال الغضب للفأر ، إنه التقى في المنزل"

Vayamos los dos a la ley: yo te procesaré

دعونا نذهب إلى القانون :سأحاكمك

Vamos, no aceptaré ninguna negación: debemos tener el juicio

تعال ، لن أقبل أي إنكار :يجب أن نحصل على المحاكمة

Porque realmente esta mañana no tengo nada que hacer

حقا هذا الصباح ليس لدي ما أفعله

Dijo el ratón al cur;

قال الفأر للكير.

Un juicio así, querido señor, sin jurado ni juez, sería una pérdida de aliento

مثل هذه المحاكمة ، سيدي العزيز ، بدون هيئة محلفين أو قاض ، ستضيع

أنفاسنا

—Seré juez, seré jurado —dijo el astuto viejo Fury—

"سأكون قاضيا ، سأكون هيئة محلفين "، قال فيوري العجوز الماكر

Juzgaré toda la causa y te condenaré a muerte

سأجرب القضية برمتها ، وأحكم عليك بالموت

el ratón le habló severamente a Alicia

تحدث الفأر بشدة إلى أليس

"¡No estás prestando atención!"

"أنت لا تنتبه"!

—¿En qué estás pensando?

"ما الذي تفكر فيه؟"

—Le ruego que me perdone —dijo Alicia muy
humildemente—

"أطلب العفو "، قالت أليس بتواضع شديد

– ¿Habías llegado a la quinta curva, creo?

"لقد وصلت إلى المنعطف الخامس ، على ما أعتقد؟"

"¡Me insultas diciendo tales tonterías!"

"أنت تهينني بالكلام بمثل هذا الهراء"!

Y el ratón se levantó y se alejó

ونهض الفأر وابتعد

Alicia llamó al ratoncito

اتصلت أليس بالفأر الصغير

"¡Por favor, regresa y termina tu historia!"

"من فضلك عد وقم بإنهاء قصتك"!

Y todos los demás se unieron a coro

وانضم الآخرون جميعا في الجوقة

"¡Sí, por favor, termine su historia!"

"نعم ، من فضلك قم بإنهاء قصتك"!

Pero el ratón se limitó a negar con la cabeza con impaciencia

لكن الفأر هز رأسه بفارغ الصبر فقط

Y el ratoncito caminó un poco más rápido

ومشى الفأر الصغير أسرع قليلا

—¡Ojalá tuviera aquí a Dinah, nuestra gata! —dijo Alicia—

"أتمنى لو كان لدي دينا ، قطتنا ، هنا "قالت أليس

Esto causó una notable sensación entre el grupo

تسبب هذا في ضجة كبيرة بين الحزب

Algunos de los pájaros se apresuraron a huir de inmediato

سارعت بعض الطيور في الحال

y un canario gritó con voz temblorosa a sus hijos;

ونادى الكناري بصوت مرتجف لأطفاله.

—¡Váyanse, queridos míos!

"تعال بعيدا يا أعزائي"!

"¡Ya es hora de que estén todos en la cama!"

"لقد حان الوقت لتكون جميعا في السرير"!

Con varias excusas se fueron todos

بأعذار مختلفة ذهبوا جميعا بعيدا

y Alicia no tardó en quedarse sola

وسرعان ما تركت أليس بمفردها

—¡Ojalá no hubiera mencionado a Dinah!

"أتمنى لو لم أذكر دينا"!

"Parece que a nadie le gusta aquí abajo"

"لا يبدو أن أحدا يحبها هنا"

—¡Pero estoy seguro de que es la mejor gata del mundo!

"لكنني متأكد من أنها أفضل قطة في العالم"!

La pobre Alicia se echó a llorar de nuevo

بدأت أليس المسكينة في البكاء مرة أخرى

porque se sentía muy sola y desanimada

لأنها شعرت بالوحدة الشديدة والروح المنخفضة

Al cabo de un rato, sin embargo, volvió a oír algo

ومع ذلك ، في فترة وجيزة ، سمعت شيئا مرة أخرى

un pequeño golpeteo de pasos a lo lejos

القليل من خطى الخطى في المسافة

Y ella miró hacia arriba ansiosamente

ونظرت بفارغ الصبر

El conejo manda al pequeño Sr. Bill
الأرنب يرسل السيد بيل الصغير

Era el conejo blanco, que volvía trotando lentamente

كان الأرنب الأبيض ، يهرول ببطء مرة أخرى

Miraba a su alrededor ansiosamente mientras se alejaba

كان ينظر بقلق وهو يذهب

Parecía como si hubiera perdido algo

بدا كما لو أنه فقد شيئا ما

Alicia le oyó murmurar para sí misma

سمعته أليس يتمتم لنفسه

—¡La duquesa! ¡La duquesa! ¡Oh, mis queridas patas!

"الدوقة !الدوقة !أوه ، كفوفي العزيزة!"

—¡Oh, mi pelo y mis bigotes!

"أوه ، فروي وشعيراتي"!

"Ella hará que me ejecuten, estoy seguro de eso"

"ستعدني ، أنا متأكد من ذلك"

—¡Tan cierto como que los hurones son hurones!

"تماما مثل القوارض هي قوارض"!

"¿Dónde puedo haber dejado mis cosas, me pregunto?"

"أين يمكنني أن أسقط أغراضي ، أتساءل؟"

Alicia adivinó en un momento lo que estaba buscando

خمنت أليس في لحظة ما كان يبحث عنه

Buscaba el abanico de plumas

كان يبحث عن مروحة الريشة

Y buscaba el par de guantes blancos

وكان يبحث عن زوج من القفازات البيضاء

Así que ella, muy bondadosamente, comenzó a buscar los guantes

لذلك بدأت بلطف شديد في البحث عن القفازات

Y también buscó el abanico de plumas

وبحثت عن مروحة الريشة أيضا

Pero los guantes y el abanico de plumas no se veían por ninguna parte

لكن القفازات ومروحة الريش لم تكن مرئية في أي مكان

Todo parecía haber cambiado desde que se bañó en la piscina

يبدو أن كل شيء قد تغير منذ أن سبحت في المسبح

Nada era igual desde que estaba en el Gran Salón

لم يكن هناك شيء كما هو منذ أن كانت في القاعة الكبرى

y la mesa de cristal había desaparecido

واختفت الطاولة الزجاجية

Y la puertecita tampoco estaba allí

ولم يكن الباب الصغير موجودا أيضا

Muy pronto el conejo se fijó en Alicia

سرعان ما لاحظ الأرنب أليس

—la llamó en tono airado

ناداها بنبرة غاضبة

—Mary Ann, ¿qué haces aquí?

"ماري آن ، ماذا تفعل هنا؟"

"Corre a casa en este momento"

"اركض إلى المنزل هذه اللحظة"

—¡Y tráeme un par de guantes y un abanico de plumas!

"وأحضر لي زوجا من القفازات ومروحة ريش"!

—¡Y date prisa!

"وكن سريعا في ذلك"!

Alicia se habló a sí misma mientras salía corriendo

تحدثت أليس إلى نفسها وهي تهرب

—¡Debe de haberme confundido con su criada!

"لا بد أنه أخطأ في أنني خادمة منزله"!

"¡Qué sorpresa se quedará cuando se entere de quién soy!"

"كم سيكون مندهشا عندما يكتشف من أنا"!

Al decir esto, se encontró con una casita pulcra

عندما قالت هذا ، صادفت منزلا صغيرا أنيقا

En la puerta de la casa había una placa de bronce brillante

على باب المنزل كان هناك صفيحة نحاسية لامعة

"W. CONEJO"

"دبليو أرنب"

Entró sin llamar a la puerta

دخلت دون أن تطرق الباب

Y se apresuró a subir las escaleras

وسارعت مباشرة إلى الطابق العلوي

le preocupaba conocer a la verdadera Mary Ann

كانت قلقة من أنها قد تلتقي بماري آن الحقيقية

porque entonces la echarían de la casa

لأنه بعد ذلك سيتم إخراجها من المنزل

Y no sería capaz de encontrar el abanico de plumas y los guantes

ولن تتمكن من العثور على مروحة الريش والقفازات

Alicia había encontrado el camino hacia una pequeña habitación ordenada

وجدت أليس طريقها إلى غرفة صغيرة مرتبة

En la habitación había una mesa junto a la ventana

في الغرفة كانت هناك طاولة بجانب النافذة

y sobre la mesa había un abanico de plumas

وعلى الطاولة كان هناك مروحة من الريش

Y había dos o tres pares de diminutos guantes blancos

وكان هناك زوجان أو ثلاثة أزواج من القفازات البيضاء الصغيرة

Cogió el abanico de plumas y un par de guantes

التقطت مروحة الريش وزوج من القفازات

Y estaba a punto de salir de la habitación

وكانت على وشك مغادرة الغرفة

Pero entonces sus ojos se posaron en una botellita

ولكن بعد ذلك سقطت عيناها على زجاجة صغيرة

Descorchó la botella y se la llevó a los labios

فكت الزجاجة ووضعتها على شفتيها

"Espero que me haga crecer de nuevo"

"آمل أن يجعلني أنمو بشكل كبير مرة أخرى"

"¡Estoy cansada de ser una cosita tan pequeña!"

"لقد سئمت من أن أكون شيئًا صغيرًا"!

Alicia apenas se había bebido la mitad de la botella

بالكاد شربت أليس نصف الزجاجة

Su cabeza ya estaba presionada contra el techo

كان رأسها يضغط بالفعل على السقف

Y tuvo que agacharse

وكان عليها أن تنحني

para salvar su cuello de ser roto

لإنقاذ رقبتها من الكسر

Dejó apresuradamente la botella

وضعت الزجاجة على عجل

"Con eso basta"

"هذا يكفي تمامًا"

"Espero no crecer más"

"آمل ألا أنمو بعد الآن"

¡Ay! ¡Era demasiado tarde para desearlo!

واحسرتاه !لقد فات الأوان لأتمنى ذلك!

Ella siguió creciendo y creciendo

استمرت في النمو والنمو

y muy pronto tuvo que arrodillarse en el suelo

وسرعان ما اضطرت إلى الركوع على الأرض

Y aun así siguió creciendo

وحتى ذلك الحين استمرت في النمو

Como último recurso, sacó un brazo por la ventana

كمورد أخير، وضعت ذراعًا واحدة من النافذة

Y metió un pie por la chimenea

ووضعت قدمًا واحدة فوق المدخنة

"Ahora no puedo hacer más, pase lo que pase"

"الآن لا يمكنني فعل المزيد، مهما حدث"

—¿Qué será de mí?

"ماذا سيحدث لي؟"

Alicia tuvo un poco de suerte

كان لدى أليس بقعة حظ

La pequeña botella mágica había tenido todo su efecto

كان للزجاجة السحرية الصغيرة تأثيرها الكامل

y Alicia no creció más de lo que era

ولم تنمو أليس أكبر مما كانت عليه

Al cabo de unos minutos oyó una voz en el exterior

بعد بضع دقائق سمعت صوتا في الخارج

Y se detuvo a escuchar la voz

وتوقفت للاستماع إلى الصوت

—¡María Ana! ¡Mary Ann! -dijo la voz-

"ماري آن إماري آن "إقال الصوت

"¡Tráeme mis guantes en este momento!"

"أحضر لي قفازاتي هذه اللحظة"!

Luego se oyó un pequeño golpeteo de pies en la escalera

ثم جاء القليل من الأقدام على الدرج

Alicia supo que era el conejo que venía a buscarla

عرفت أليس أن الأرنب قادم للبحث عنها

Y tembló hasta hacer temblar la casa

وارتجفت حتى هزت المنزل

Se olvidó por completo de sus proporciones

لقد نسيت تماما ما هي نسبها

Era mil veces más grande que el conejo

كانت أكبر بألف مرة من الأرنب

Y no tenía por qué temer a un conejo

ولم يكن لديها سبب للخوف من الأرنب

De pronto, el conejo se acercó a la puerta

في الوقت الحاضر صعد الأرنب إلى الباب

Y el conejito trató de abrir la puerta

وحاول الأرنب الصغير فتح الباب

La puerta comenzó a abrirse hacia adentro

بدأ الباب يفتح إلى الداخل

pero el codo de Alicia estaba apretado con fuerza contra la puerta

لكن مرفق أليس تم الضغط عليه بقوة على الباب

Ese intento resultó un fracaso

أثبتت هذه المحاولة فشلها

Alicia oyó que el conejo se hablaba a sí mismo

سمعت أليس الأرنب يتحدث إلى نفسه

"Entonces daré la vuelta y entraré por la ventana"

"ثم سأتجول وأدخل من النافذة"

«¡Que no lo harás!», pensó Alicia

"لن تفعل "إفكرت أليس

Y volvió a esperar un poco

وانتظرت قليلا مرة أخرى

Pronto oyó al conejo justo debajo de la ventana

سرعان ما سمعت الأرنب تحت النافذة مباشرة

De repente extendió la mano

فجأة مدت يدها

Y ella hizo un arrebato en el aire

وقامت بخطف في الهواء

No se apoderó de nada

لم تحصل على أي شيء

Pero oyó un pequeño alarido y una caída

لكنها سمعت صراخا صغيرا وسقوطا

Y oyó el estrépito de cristales rotos

وسمعت تحطم الزجاج المكسور

Tal vez el conejo se había caído

ربما سقط الأرنب

Tal vez estaba en un invernadero

ربما كان في دفيئة

Luego se oyó una voz airada; La voz del conejo

بعد ذلك جاء صوت غاضب .صوت الأرنب

"Pat, ¿dónde estás?"

"بات ، أين أنت؟"

Y entonces llegó una voz que nunca antes había oído

ثم جاء صوت لم تسمعه من قبل

"¡Su señoría, estoy aquí!"

"شرفك ، أنا هنا"!

"Estoy cavando en busca de manzanas"

"أنا أحفر بحثا عن التفاح"

"¡Aquí! ¡Ven y ayúdame a salir de esto!"

"هنا إتعال وساعدني على الخروج من هذا!"

—Ahora dime, Pat, ¿qué es eso que hay en la ventana?

"الآن قل لي يا بات ، ما هذا في النافذة؟"

"Claro, su señoría, se lo diré"

"بالتأكيد ، حضرتك ، سأخبرك"

"¡Es un brazo que está en la ventana!"

"إنها ذراع في النافذة"!

"Bueno, un brazo no tiene nada que hacer allí"

"حسنا ، الذراع ليس لها عمل هناك"

"¡Ve y quítate el brazo!"

"اذهب وخذ الذراع بعيدا"!

Hubo un largo silencio después de esto

ساد صمت طويل بعد ذلك

y Alicia sólo podía oír susurros de vez en cuando

ولم تستطع أليس سماع الهمسات إلا بين الحين والآخر

Y, por fin, volvió a extender la mano

وأخيرا مدت يدها مرة أخرى

Y ella hizo otro arrebato en el aire

وقامت بانتزاع آخر في الهواء

Esta vez hubo dos pequeños chillidos

هذه المرة كان هناك صرختان صغيرتان

y se escucharon más sonidos de vidrios rotos

وكان هناك المزيد من أصوات الزجاج المكسور

«¡Me pregunto qué harán ahora!», pensó Alicia

"أتساءل ماذا سيفعلون بعد ذلك "إفكرت أليس

"Ojalá me sacaran por la ventana"

"أتمنى أن يسحبوني من النافذة"

Esperó un buen rato

انتظرت لبعض الوقت

Pero durante un rato no oyó nada más

لكن لفترة من الوقت لم تسمع أي شيء آخر

Por fin se oyó el estruendo de unas ruedas

أخيرا جاء قعقعة من العجلات الصغيرة

Y se oyó el sonido de muchas voces

وجاء صوت أصوات كثيرة

Todas las voces hablaban al unísono

كانت كل الأصوات تتحدث معا

Pudo distinguir algunas de las palabras

يمكنها أن تصنع بعض الكلمات

—¿Dónde está la otra escalera?

"أين السلم الآخر؟"

"Bill tiene la otra escalera"

"بيل لديه السلم الآخر"

"¡Bill, ven aquí!"

"بيل ، تعال إلى هنا"!

—¿Soportará el techo la carga?

"هل سيتحمل السقف العبء؟"

—¿Quién quiere bajar por la chimenea?

"من يريد أن ينزل المدخنة؟"

—¡No, no lo haré! ¡Tú lo haces!"

"لا ، لن أفعل !أنت تفعل ذلك"!

—¡Aquí, Bill!

"هنا يا بيل"!

"¡El maestro dice que tienes que bajar por la chimenea!"

"يقول السيد إنه يجب عليك النزول من المدخنة"!

Alicia arrastró el pie por la chimenea todo lo que pudo

سحبت أليس قدمها إلى أسفل المدخنة قدر استطاعتها

Y luego esperó a ver lo que venía

ثم انتظرت لترى ما سيحدث

Escuchó a un animalito arañar y revolver

سمعت صغيرا يخدش ويتدافع

El animalito debe estar en la chimenea

يجب أن يكون الصغير في المدخنة

Luego dio una fuerte patada

ثم أطلقت ركلة حادة واحدة

Y esperó a ver qué pasaría después

وانتظرت لترى ما سيحدث بعد ذلك

Oyó un coro general de voces

سمعت جوقة عامة من الأصوات

"¡Ahí va Bill!", dijeron todos

"ها هو بيل "إقالوا جميعا

Entonces oyó solo la voz del conejo

ثم سمعت صوت الأرنب وحده

"¡Tú por el seto, atrápalo!"

"أنت بجانب السياج ، أمسك به"!

Hubo otro momento de silencio

كانت هناك لحظة صمت أخرى

Y entonces hubo otra confusión de voces

ثم كان هناك ارتباك آخر في الأصوات

"Levanta la cabeza, Brandy"

"ارفع رأسه يا براندي"

"Ten cuidado de no asfixiarlo"

"احرص على عدم خنقه"

—¿Qué te pasó?

"ماذا حدث لك؟"

Por último, llegó una vocecita débil y chillona

جاء آخر صوت ضعيف قليلا وصرير

"Bueno, ya casi no sé"

"حسنا ، بالكاد لا أعرف المزيد"

"Gracias a todos, ahora estoy mejor"

"شكرا لكم جميعا ، أنا أفضل الآن"

"Hay una cosa que puedo recordar"

"هناك شيء واحد يمكنني تذكره"

"Algo viene hacia mí como un tren en un túnel"

"شيء ما يأتي إليَّ مثل قطار في نفق"

"¡Y vuelo hacia arriba como un cohete!"

"وأنا أطير مثل صاروخ السماء"!

Hubo uno o dos minutos de silencio

سادت دقيقة أو دقيقتين من الصمت

Y entonces empezaron a moverse de nuevo

ثم بدأوا في التحرك مرة أخرى

y Alicia oyó hablar de nuevo al Conejo

وسمعت أليس الأرنب يتحدث مرة أخرى

"Un túmulo servirá, para empezar"

"العربة سوف تفعل ، في البداية"

«¿Un túmulo lleno de qué?», pensó Alicia

"عربة مليئة بماذا؟ "فكرت أليس

Pero no la mantuvieron en suspenso por mucho tiempo

لكنها لم تبقى في حالة تشويق لفترة طويلة

Una lluvia de guijarros entró por la ventana

جاء وابل من الحصى الصغيرة من خلال النافذة

Y algunas de las piedrecitas le golpearon en la cara

وضربتها بعض الحصى الصغيرة في وجهها

Alicia se sorprendió por los guijarros

فوجئت أليس بالحصى الصغيرة

Todos los guijarros se estaban convirtiendo en pasteles

كل الحصى الصغيرة كانت تتحول إلى كعك

Y una idea brillante se le ocurrió

وجاءت فكرة مشرقة في رأسها

"Debería comerme uno de estos pasteles"

"يجب أن آكل واحدة من هذه الكعكات"

"El pastel seguramente hará algún cambio en mi tamaño"

"من المؤكد أن الكعكة ستحدث بعض التغيير في حجمي"

Así que se tragó uno de los pasteles

لذلك ابتلعت إحدى الكعك

Y se alegró al descubrir que empezaba a encogerse

وكانت سعيدة عندما وجدت أنها بدأت في الانكماش

Pronto fue lo suficientemente pequeña como para pasar por

la puerta

سرعان ما أصبحت صغيرة بما يكفي لعبور الباب

Salió corriendo de la casa

ركضت من المنزل

Una multitud de animalitos y pájaros esperaban afuera

كان حشد من والطيور الصغيرة ينتظر في الخارج

todos los pajaritos y animales se abalanzaron sobre Alicia

هرعت كل الطيور الصغيرة إلى أليس

Pero ella huyó lo más rápido que pudo

لكنها هربت بأسرع ما يمكن

Y pronto se encontró a salvo en un espeso bosque

وسرعان ما وجدت نفسها آمنة في خشب كثيف

Alicia vagaba por el bosque

تجولت أليس في الغابة

Y pensó para sí misma:

وفكرت في نفسها:

"Sé lo que tengo que hacer primero"

"أعرف ما يجب أن أفعله أولا"

"Primero tengo que volver a crecer hasta el tamaño adecuado"

"أولا يجب أن أنمو إلى حجمي الصحيح مرة أخرى"

"Y luego tengo que encontrar mi camino hacia ese hermoso jardín"

"وبعد ذلك يجب أن أجد طريقي إلى تلك الحديقة الجميلة"

"Supongo que debería comer o beber una cosa u otra"

"أفترض أنني يجب أن آكل أو أشرب شيئا أو آخر"

"Pero la pregunta es ¿qué debo comer o beber?"

"لكن السؤال هو ماذا يجب أن آكل أو أشرب؟"

Alicia miró a su alrededor las flores

نظرت أليس من حولها إلى الزهور

Y miró a través de las briznas de hierba

ونظرت من خلال شفرات العشب

pero no podía ver nada de comer ni de beber

لكنها لم تستطع رؤية أي شيء تأكله أو تشربه

Nada parecía ser lo adecuado para comer o beber

لا شيء يبدو وكأنه الشيء الصحيح للأكل أو الشراب

Había un gran hongo creciendo cerca de ella

كان هناك فطر كبير ينمو بالقرب منها

el hongo tenía aproximadamente la misma altura que Alicia

كان الفطر بنفس ارتفاع أليس تقريبا

Se estiró de puntillas

مددت نفسها على رؤوس أصابعها

Y se asomó por el borde del hongo

ونظرت إلى حافة الفطر

Sus ojos se encontraron inmediatamente con los ojos de una gran oruga azul

التقت عيناها على الفور بعيون كاتربيلر أزرق كبير

La oruga estaba sentada en la parte superior del hongo

كانت اليرقة جالسة على قمة الفطر

y la oruga se había cruzado de brazos

وكانت اليرقة قد عبرت كل ذراعيه

Y estaba fumando tranquilamente una larga cachimba

وكان يدخن بهدوء شيشة طويلة

y no hizo la menor atención a nada

ولم يأخذ أدنى اهتمام لأي شيء

y ciertamente no le prestó atención a Alicia

وهو بالتأكيد لم ينتبه إلى أليس

Por fin, la oruga se quitó la pipa de la boca

أخيرا أخرجت اليرقة الشيشة من فمها

y se dirigió a Alicia con voz lánguida y soñolienta

وخاطب أليس بصوت ضعيف ونعاس

—¿Quién eres? —preguntó la oruga

"من أنت؟ "قالت اليرقة

Alicia respondió, con cierta timidez: "No lo sé, señor"

"أجابت أليس بخجل إلى حد ما ،" بالكاد أعرف يا سيدي

"Justo en este momento está todo un poco..."

..."فقط في الوقت الحالي ، كل شيء قليلا"

"Sé quién era cuando me levanté esta mañana"

"أعرف من كنت عندما استيقظت هذا الصباح"

"pero creo que debo haber cambiado varias veces desde
entonces"

"لكنني أعتقد أنني يجب أن أكون قد تغيرت عدة مرات منذ ذلك الحين"

—¿Qué quieres decir con eso? —dijo la oruga—

"ماذا تقصد بذلك؟ "قالت اليرقة

Con severidad, la oruga le pidió que se explicara

طلبت منها اليرقة بصرامة أن تشرح نفسها

—Me temo que no puedo explicarme, señor —dijo Alicia—

قالت أليس" :لا أستطيع أن أشرح ، أخشى يا سيدي"

"porque no soy yo mismo"

"لأنني لست"

"Verás, tener tantos tamaños diferentes en un día es muy confuso"

"كما ترى ، فإن وجود أحجام مختلفة في يوم واحد أمر محير للغاية"

Se incorporó y dijo muy gravemente:

سحبت نفسها وقالت بجدية شديدة:

"Creo que primero deberías decirme quién eres"

"أعتقد أنه يجب عليك أن تخبرني من أنت أولا"

"¿Por qué?", dijo la oruga

"لماذا؟ "قالت اليرقة

Alicia no se le ocurría ninguna buena razón

لم تستطع أليس التفكير في أي سبب وجيه

Y la oruga parecía estar en un estado de ánimo muy desagradable

وبدا أن اليرقة في حالة ذهنية غير سارة للغاية

Así que se dio la vuelta

لذلك ابتعدت

"¡Vuelve!", la oruga la llamó

"عد "إنادت اليرقة بعدها

"¡Tengo algo importante que decir!"

"لدي شيء مهم لأقوله"!

Alicia se dio la vuelta y volvió otra vez

استدارت أليس وعادت مرة أخرى

—Mantén la calma —dijo la oruga—

"حافظ على أعصابك "، قالت اليرقة

-¿Eso es todo? -preguntó Alicia

"هل هذا كل شيء؟ "قالت أليس

Y se tragó su rabia lo mejor que pudo

وابتلعت غضبها قدر استطاعتها

—No —dijo la oruga—

"لا "، قالت اليرقة

La oruga desplegó sus brazos

كشفت اليرقة ذراعيها

Y volvió a sacarse la pipa de la boca

وأخرج الشيشة من فمه مرة أخرى

y él dijo: "Así que Ud. piensa que Ud. ha cambiado,
¿verdad?"

فقال ،" إذن تعتقد أنك قد تغيرت ، أليس كذلك؟"

—Me temo, he cambiado, señor —dijo Alicia—

قالت أليس" :أخشى ، لقد تغيرت يا سيدي"

"No puedo recordar las cosas como solía recordarlas"

"لا أستطيع أن أتذكر الأشياء كما كنت أتذكرها"

"¡Y no me quedo del mismo tamaño por más de diez
minutos!"

"وأنا لا أبقى بنفس الحجم لأكثر من عشر دقائق"!

"¿Qué tamaño quieres tener?", preguntó la oruga

"ما هو الحجم الذي تريد أن تكون؟ "سألت اليرقة

—Oh, no me importa especialmente el tamaño que tenga —
respondió Alicia apresuradamente—

"أوه ، لا أمانع بشكل خاص في حجمي "، أجابت أليس على عجل

"Simplemente no me gusta cambiar de tamaño tan a
menudo, ya sabes"

"أنا فقط لا أحب تغيير الحجم كثيرا ، كما تعلم"

"Me gustaría ser un poco más grande, señor"

"أود أن أكون أكبر قليلا يا سيدي"

—Si no te importa —añadió Alicia—

"إذا كنت لا تمانع "، أضافت أليس

"Diez centímetros es una altura tan miserable para ser"

"عشرة سنتيمترات هو ارتفاع بائس"

-¡Es una altura muy buena! -exclamó la oruga con rabia-

"إنه ارتفاع جيد جدا حقا "!قالت اليرقة بغضب

Y se irguió mientras hablaba

ورفع نفسه منتصبا وهو يتحدث

Medía exactamente diez centímetros de alto

كان ارتفاعه عشرة سنتيمترات بالضبط

En uno o dos minutos, la oruga bajó del hongo

في دقيقة أو دقيقتين ، نزلت اليرقة من الفطر

Y se arrastró por la hierba

وزحف بعيدا في العشب

Al alejarse, hizo algunas pequeñas observaciones

وبينما كان يذهب بعيدا ، أدلى ببعض الملاحظات الصغيرة

"Un lado te hará crecer más alto"

"جانب واحد سيجعلك تنمو أطول"

"Y el otro lado te hará acortar"

"والجانب الآخر سيجعلك تنمو أقصر"

«¿Un lado de qué?», pensó Alicia para sí misma

"جانب واحد من ماذا؟" فكرت أليس في نفسها

—¿El otro lado de qué?

"الجانب الآخر من ماذا؟"

—El costado del hongo —dijo la oruga—

"جانب الفطر "، قالت اليرقة

Era como si hubiera hecho su pregunta en voz alta

كان الأمر كما لو أنها سألت سؤالها بصوت عال

Y en otro momento, se perdió de vista

وفي لحظة أخرى ، كان بعيدا عن الأنظار

Alicia se quedó mirando pensativa el hongo

ظلت أليس تنظر بعناية إلى الفطر

Estaba tratando de distinguir cuáles eran los dos lados del
hongo

كانت تحاول معرفة جانبي الفطر

Por fin, estiró los brazos alrededor de la seta

أخيرا مدت ذراعيها حول الفطر

Y rompió un poco los bordes

وقطعت قليلا من الحواف

"Y ahora, ¿qué lado es cuál?", se dijo a sí misma

"والآن ، أي جانب أيهما؟ "قالت لنفسها

Y mordisqueó un poco de la parte de la mano derecha

وقضم القليل من اليد اليمنى

Al momento siguiente sintió un violento golpe debajo de la
barbilla

في اللحظة التالية شعرت بضربة عنيفة تحت ذقنها

¡Su barbilla había golpeado su pie!

أصابت ذقنها قدمها!

Estaba bastante asustada por este cambio tan repentino

كانت خائفة كثيرا من هذا التغيير المفاجئ للغاية

Se estaba encogiendo muy rápidamente

كانت تتقلص بسرعة كبيرة

Así que rápidamente se comió un poco del otro trozo de champiñón

لذلك سرعان ما أكلت بعضا من الفطر الآخر

Su barbilla estaba muy presionada contra su pie

تم ضغط ذقنها عن كثب على قدمها

Apenas había espacio para abrir la boca

بالكاد كان هناك مجال لفتح فمها

Pero al fin logró abrir la boca

لكنها تمكنت أخيرا من فتح فمها

Y tragó un bocado del pedazo de la mano izquierda

وابتلعت لقمة من اليد اليسرى

-¡Por fin me han liberado la cabeza! -exclamó Alicia-

"لقد تم تحرير رأسي أخيرا "إقالت أليس

Se miró a sí misma

نظرت إلى نفسها

Pero todo lo que podía ver era una inmensa longitud de cuello

لكن كل ما استطاعت رؤيته كان طولا هائلا للرقبة

Su cuello parecía elevarse como un tallo

بدت رقبتها وكأنها ترتفع مثل ساق

Y miró hacia abajo sobre un mar de hojas verdes

ونظرت إلى الأسفل فوق بحر من الأوراق الخضراء

—¿A dónde han llegado mis hombros?

"إلى أين وصلت كتفي؟"

"Y oh, mis pobres manos, ¿cómo es que no puedo verte?"

"وأوه ، يدي المسكينة ، كيف لا أستطيع رؤيتك؟"

Pero su cuello tenía un beneficio

لكن رقبتها كان لها فائدة واحدة

Podía mover la cabeza en cualquier dirección

يمكنها تحريك رأسها في أي اتجاه

De hecho, era como una serpiente

في الواقع ، كانت مثل الثعبان

Ella zigzagueó con gracia con la cabeza hacia abajo

تعرجت رأسها برشاقة لأسفل

Y movió la cabeza entre los árboles

وحركت رأسها عبر الأشجار

Pero entonces oyó un silbido agudo

لكنها سمعت بعد ذلك هسهسة حادة

Y rápidamente echó la cabeza hacia atrás

وسرعان ما سحبت رأسها للخلف

Una gran paloma había volado hacia su cara

طار حمامة كبيرة في وجهها

y la paloma se agitó violentamente con sus alas

وكان الحمام بعنف بجناحيه

-¡Serpiente! -exclamó la paloma-

"الثعبان "إصرخ الحمام

-¡No soy una serpiente! -exclamó Alicia indignada-

"أنا لست ثعبانا "إقالت أليس بسخط

"¡Déjame en paz!"

"اتركني وشأني"!

"He probado las raíces de los árboles"

"لقد جربت جذور الأشجار"

—Y he probado setos —prosiguió la paloma—

"وقد جربت التحوطات "، تابع الحمام

—¡Pero esas serpientes! ¡No hay forma de complacerlos!"

"لكن تلك الثعابين إلا يوجد إرضاء لهم!

Alicia estaba cada vez más desconcertada

كانت أليس في حيرة أكثر فأكثر

-Como si ya fuera bastante trabajo incubar los huevos -dijo
la paloma-

قال الحمامة" :كما لو لم تكن مشكلة كافية في تفقيس البيض"

—¡De noche y de día también tengo que estar atento a las
serpientes!

"ليلا ونهارا يجب أن أبحث عن الثعابين أيضا"!

"Acababa de encontrar el árbol más alto del bosque"

"لقد وجدت للتو أعلى شجرة في الغابة"

—¿Estaría libre de serpientes aquí?

"بالتأكيد سأكون حرا من الثعابين هنا!؟"

"¡Y sale una serpiente del cielo!"

"ويخرج ثعبان من السماء"!

-¡Pero yo no soy una serpiente, te lo aseguro! -dijo Alicia-

"لكنني لست ثعبانا ، أقول لك "إقالت أليس

"Soy un... Soy un... Soy una niña —añadió con cierta duda—

"أنا ... أنا ... أنا فتاة صغيرة "، أضافت بشك إلى حد ما

Después de todo, había estado pasando por muchos cambios

لقد مرت بعد كل شيء بالكثير من التغييرات

—Estás buscando huevos —dijo la paloma—

قال الحمامة" :أنت تبحث عن البيض"

"Lo sé con certeza"

"أعرف ذلك على سبيل الحقيقة"

—¿Y qué importa si eres una niña o una serpiente?

"وما الذي يهم إذا كنت فتاة صغيرة أو ثعبانا؟"

—A mí me importa mucho —dijo Alicia apresuradamente—

"إنه يهمني كثيرا"، قالت أليس على عجل

"pero no estoy buscando huevos, como suele ser"

"لكنني لا أبحث عن البيض ، كما يحدث"

"Y de todos modos no querría tus huevos"

"وأنا لا أريد بيضك على أي حال"

"No me gustan los huevos crudos"

"أنا لا أحب بيضتي نيئة"

-¡Pues váyase! -dijo la paloma en tono malhumorado-

"حسنا ، ابتعد إذن "إقال الحمام بنبرة عاهبة

Y la paloma se instaló de nuevo en su nido

واستقر الحمام مرة أخرى في عشه

Alicia se agachó entre los árboles lo mejor que pudo

جثمت أليس بين الأشجار قدر استطاعتها

Su cuello no dejaba de enredarse entre las ramas

ظلت رقبتها تتشابك بين الأغصان

De vez en cuando tenía que detenerse y desenroscar el cuello

بين الحين والآخر كان عليها أن تتوقف وفك رقبتها

Al cabo de un rato se acordó de la seta

بعد فترة تذكرت الفطر

Todavía sostenía los trozos de hongo en sus manos

كانت لا تزال تحمل قطع الفطر في يديها

Y se puso a trabajar con mucho cuidado

وشرعت في العمل بعناية فائقة

Primero mordisqueó una pieza

أولا قضمت قطعة واحدة

Y luego mordisqueó la otra pieza

ثم قضمت القطعة الأخرى

A veces crecía

في بعض الأحيان كانت تنمو أطول

y a veces se acortaba

وأحيانا أصبحت أقصر

pero finalmente alcanzó su altura habitual

لكنها أخيرا حققت طولها المعتاد

Hacía tiempo que no era de su estatura

لم تكن طولها لبعض الوقت

Así que todo se sintió extraño por un tiempo

لذلك شعرت بغرابة كل شيء لفترة من الوقت

"Lo siguiente que hay que hacer es entrar en ese hermoso jardín"

"الشيء التالي الذي يجب فعله هو الدخول إلى تلك الحديقة الجميلة"

—¿Cómo se va a hacer eso, me pregunto?

"كيف يتم ذلك ، أتساءل؟"

Al decir esto, llegó a un lugar abierto

عندما قالت هذا ، جاءت إلى مكان مفتوح

Había una casita, un poco más de un metro de altura

كان هناك منزل صغير ، أعلى قليلا من متر

"Me pregunto quién vive en esta casita"

"أتساءل من يعيش في هذا المنزل الصغير"

"Ciertamente no puedo entrar tan grande como soy"

"بالتأكيد لا يمكنني الدخول بحجم أنا"

—¡Los asustaría terriblemente!

"سأخيفهم بشكل رهيب"!

Así que volvió a mordisquear el pequeño champiñón

لذلك قضمت الفطر الصغير مرة أخرى

Y pronto bajó treinta centímetros

وسرعان ما انخفضت نفسها ثلاثين سنتيمترا

Un cerdo y un poco de pimienta

خنزير وبعض الفلفل

Durante uno o dos minutos se quedó mirando la casa

وقفت لمدة دقيقة أو دقيقتين تنظر إلى المنزل

De repente, un lacayo salió corriendo del bosque

فجأة خرج رجل من الغابة

Vestía un uniforme especial

كان يرتدي زيا خاصا

A juzgar solo por su rostro, ella lo habría llamado pez

إذا حكمنا من خلال وجهه فقط ، كانت ستطلق عليه سمكة

Y golpeó fuertemente la puerta con los nudillos

وضرب بصوت عال عند الباب بمفاصل أصابعه

La puerta fue abierta por otro lacayo

فتح الباب من قبل رجل آخر

Este lacayo también llevaba una librea especial

كان هذا الرجل يرتدي كسوة خاصة أيضا

**Este lacayo tenía una cara redonda y ojos grandes como los
de una rana**

كان لهذا الرجل وجه مستدير وعينان كبيرتان مثل الضفدع

El lacayo, que parecía un pez, inició la ceremonia

بدأ الرجل الذي بدا وكأنه سمكة الحفل

Sacó algo de debajo de su brazo

أخرج شيئا من تحت ذراعه

Y sacó de debajo del brazo un sobre

وأخرج من تحت ذراعه مظروفا

Y este sobre se lo entregó al otro lacayo

وهذا الظرف سلمه إلى المشاة الآخر

En tono ceremonioso le comunicó las órdenes

بنبرة احتفالية أخبره بالأوامر

"Este mensaje es para la duquesa"

"هذه الرسالة للدوقة"

"Una invitación de la reina a jugar al croquet"

"دعوة من الملكة للعب الكروكيه"

El lacayo, que parecía una rana, repitió la orden

كرر الرجل الذي بدا وكأنه ضفدع الأمر

"De la Reina"

"من الملكة"

"Una invitación"

"دعوة"

"para la duquesa"

"من أجل الدوقة"

"Jugar al croquet"

"لعب الكروكيه"

Entonces ambos se inclinaron profundamente

ثم انحنى كلاهما

y los rizos de sus pelucas se enredaron

وتشابكت الضفائر في الشعر المستعار معا

Pronto el lacayo que parecía un pez se había ido

سرعان ما اختفى الرجل الذي بدا وكأنه سمكة

Pero el lacayo que parecía una rana todavía estaba allí

لكن الرجل الذي بدا وكأنه ضفدع كان لا يزال هناك

Estaba sentado en el suelo, cerca de la puerta

كان جالسا على الأرض بالقرب من الباب

Estaba mirando estúpidamente al cielo

كان يحدق بغباء في السماء

Alicia se acercó tímidamente a la puerta y llamó

صعدت أليس بخجل إلى الباب وطرقت

—Es inútil llamar a la puerta —dijo el lacayo—

"لا فائدة من الطرق "، قال الرجل

"Y eso es por dos razones"

"وذلك لسببين"

"Primero, porque estoy del mismo lado de la puerta que tú"

"أولا ، لأنني على نفس الجانب من الباب مثلك"

"En segundo lugar, porque están haciendo mucho ruido dentro"

"ثانيا ، لأنهم يحدثون الكثير من الضوضاء في الداخل"

"Nadie podría escucharte"

"لا أحد يمكن أن يسمعك"

Y, ciertamente, había un ruido extraordinario en su interior

وبالتأكيد كان هناك ضجيج غير عادي يحدث في الداخل

un aullido y estornudos constantes

عواء وعطس مستمر

y de vez en cuando se oye un gran estruendo

وبين الحين والآخر صوت تحطم كبير

como si un plato o una tetera se hubieran roto en pedazos

كما لو أن طبقا أو غلاية قد تم تكسيرها إلى أشلاء

-¿Cómo voy a entrar? -preguntó Alicia

"كيف يمكنني الدخول؟ "سألت أليس

—¿Deberías entrar? —dijo el lacayo—

"هل يجب أن تدخل على الإطلاق؟ "قال الرجل

"Esa es la primera pregunta, ya sabes"

"هذا هو السؤال الأول ، كما تعلم"

Alicia abrió la puerta y entró

فتحت أليس الباب ودخلت

La puerta conducía directamente a una gran cocina

أدى الباب مباشرة إلى مطبخ كبير

La cocina estaba llena de humo de un extremo a otro

كان المطبخ مليئا بالدخان من طرف إلى آخر

en medio de la cocina estaba la duquesa

في منتصف المطبخ كانت الدوقة

Estaba sentada en un taburete de tres patas

كانت جالسة على كرسي ثلاثي الأرجل

Y ella estaba amamantando a un bebé

وكانت ترضع طفلا

El cocinero estaba inclinado sobre el fuego

كان الطباخ يتكئ فوق النار

Estaba removiendo un gran caldero

كان يحرك ممثل كبير

y el caldero parecía estar lleno de sopa

وبدا أن المكالدرون مليء بالحساء

"¡Ciertamente hay demasiada pimienta en esa sopa!" —se
dijo Alicia

"بالتأكيد هناك الكثير من الفلفل في هذا الحساء"إقالت أليس لنفسها

Lo dijo lo mejor que pudo, sin estornudar

قالت ذلك بأفضل ما تستطيع دون أن تعطس

Incluso la duquesa estornudaba de vez en cuando

حتى الدوقة عطست من حين لآخر

Pero las acciones del bebé fueron las más notables

لكن تصرفات الطفل كانت الأكثر جدارة بالملاحظة

El bebé estornudaba y aullaba alternativamente

كان الطفل يعطس ويعوي بالتناوب

No hubo un momento de pausa entre aullidos y estornudos

لم يكن هناك توقف للحظة بين العواء والعطس

Había dos criaturas en la cocina que no estornudaban

كان هناك مخلوقان في المطبخ لم يعطسا

El cocinero estaba demasiado ocupado para estornudar

كان الطباخ مشغولا جدا بحيث لا يستطيع العطس

Y al gran gato no pareció importarle el pimiento

ولا يبدو أن القطة الكبيرة تمانع في الفلفل

En cambio, el gran gato sonreía de oreja a oreja

بدلا من ذلك ، كانت القطة الكبيرة تبتسم من الأذن إلى الأذن

-Por favor, ¿podría decírmelo -dijo Alicia, un poco
tímidamente-

"من فضلك هل تخبرني "، قالت أليس بخجل قليلا

"¿Por qué tu gato sonríe así?"

"لماذا تبتسم قطتك هكذا؟"

-Es un gato de Cheshire -dijo la duquesa-

قالت الدوقة" :إنها قطة شيشاير"

"Y por eso está sonriendo de oreja a oreja"

"ولهذا السبب يبتسم من الأذن إلى الأذن"

"No sabía que un gato de Cheshire siempre sonreía"

"لم أكن أعرف أن قطة شيشاير كانت دائما تبتسم"

—De hecho, no sabía que los gatos podían sonreír —dijo
Alicia—

قالت أليس" :في الواقع ، لم أكن أعرف أن القطط يمكن أن تبتسم"

-Hay muchas cosas que no sabes -dijo la duquesa-

قالت الدوقة" :هناك الكثير الذي لا تعرفه"

"Hay muchas cosas que no sabes y eso es un hecho"

"هناك الكثير الذي لا تعرفه وهذه حقيقة"

**En ese momento, el cocinero retiró el caldero de sopa del
fuego**

عندها فقط أزال الطباخ كالدرون الحساء من النار

Y en seguida se puso a tirar todo lo que estaba a su alcance

وعلى الفور بدأت في رمي كل شيء في متناول يدها

arrojó todo lo que pudo a la duquesa y al bebé

ألقت كل ما في وسعها على الدوقة والطفل

Primero arrojó los hierros de fuego

أولا ألقت النار

Luego tiró un puñado de cacerolas

ثم ألقت حفنة من القدور

y finalmente tiró los platos y las fuentes

وأخيرا ألقت الأطباق والأطباق

La duquesa no le hizo caso

لم تلاحظها الدوقة

Incluso cuando fue golpeada por un plato, no se preocupó

حتى عندما أصيبت بلوحة لم تقلق

El bebé ya estaba aullando tanto

كان الطفل يعوي كثيرا بالفعل

**Así que era imposible decir si los golpes lastimaban al bebé
o no**

لذلك كان من المستحيل تحديد ما إذا كانت الضربات تؤذي الطفل أم لا

—¡Oh, por favor, ten cuidado con lo que estás haciendo! —
exclamó Alicia—

"أوه ، من فضلك اهتم بما تفعله "إصرخت أليس

Y saltaba de un lado a otro en una agonía de terror

وقفزت صعودا وهبوطا في عذاب من الرعب

la duquesa le ofreció a Alicia el bebé

عرضت الدوقة على أليس الطفل

"¡Aquí! ¡Puedes amamantar un poco al bebé, si quieres!"

"هنا إيمكنك إرضاع الطفل قليلا ، إذا أردت!"

Y le arrojó al bebé mientras hablaba

وألقت الطفل عليها وهي تتحدث

"Tengo que ir a prepararme para jugar al croquet con la reina"

"يجب أن أذهب وأستعد للعب الكروكيه مع الملكة"

Y se apresuró a salir de la habitación

وخرجت من الغرفة

Alicia atrapó al bebé con cierta dificultad

أمسكت أليس بالطفل ببعض الصعوبة

porque era una criatura de forma muy extraña

لأنه كان مخلوقا صغيرا غريبا جدا

Y el bebé extendió los brazos y las piernas en todas direcciones

ورفع الطفل ذراعيه وساقيه في جميع الاتجاهات

«Será mejor que me lleve a este niño conmigo», pensó Alicia

"من الأفضل أن آخذ هذا الطفل معي "، فكرت أليس

"Seguro que matarán a este bebé en uno o dos días"

"من المؤكد أنهم سيقتلون هذا الطفل في يوم أو يومين"

—¿No sería un asesinato dejar atrás a este bebé?

"ألن يكون من القتل ترك هذا الطفل وراءه؟"

Dijo las últimas palabras en voz alta

قالت الكلمات الأخيرة بصوت عال

Y la cosita gruñó en respuesta

وشخر الشيء الصغير ردا على ذلك

—Será mejor que no te conviertas en un cerdo, querida — dijo Alicia—

قالت أليس" من الأفضل ألا تتحول إلى خنزير يا عزيزتي"

"o de lo contrario no tendré nada más que ver contigo"

"وإلا فلن يكون لدي أي علاقة بك أخرى"

Alicia empezaba a pensar para sí misma:

كانت أليس قد بدأت للتو في التفكير في نفسها:

"Ahora, ¿qué voy a hacer con esta criatura cuando la lleve a casa?"

"الآن ، ماذا أفعل بهذا المخلوق ، عندما أعود إليه إلى المنزل؟"

Pero entonces la pequeña criatura gruñó un poco violentamente

ولكن بعد ذلك شخر المخلوق الصغير بعنف قليلا

y Alicia lo miró a la cara con cierta alarma

ونظرت أليس إلى وجهها في بعض الذعر

Esta vez no podía haber error al respecto

هذه المرة لا يمكن أن يكون هناك خطأ في ذلك

No era ni más ni menos que un cerdo

لم يكن أكثر ولا أقل من خنزير

Así que dejó a la pequeña criatura en el suelo

لذلك وضعت المخلوق الصغير

y la pequeña criatura se aleja trotando tranquilamente hacia el bosque

ويهرول المخلوق الصغير بهدوء في الغابة

Alicia se sintió bastante aliviada al ver que la criatura se iba

شعرت أليس بالارتياح الشديد لرؤية المخلوق يذهب

Alicia se sobresaltó un poco al ver al Gato de Cheshire

شعرت أليس بالذهول قليلا برؤية Cheshire-Cat

Estaba sentado en la rama de un árbol a pocos metros de distancia

كانت جالسة على غصن شجرة على بعد أمتار قليلة

El gato solo sonrió cuando la vio

ابتسمت القطة ابتسامة عريضة فقط عندما رأتها

—Gato de Cheshire —empezó Alicia, bastante tímidamente—

"قطة شيشاير "، بدأت أليس بخجل إلى حد ما

—¿Podría decirme, por favor, qué camino debo tomar desde aquí?

"هل تخبرني من فضلك في أي اتجاه يجب أن أذهب من هنا؟"

—En esa dirección —dijo el gato—

قالت القطة": في هذا الاتجاه"

Y agitó la pata derecha

ولوح بالمخلب الأيمن حوله

"En esa dirección vive un fabricante de sombreros"

"في هذا الاتجاه يعيش صانع القبعات"

Y entonces el gato agitó su otra pata

ثم لوحت القطة بمخلبها الآخر

"Y en esa dirección vive una liebre de marzo"

"وفي هذا الاتجاه يعيش أرنب مسيرة"

"Visita a cualquiera de los que quieras; los dos están locos"

"قم بزيارة أيا كانت تريد .كلاهما مجنون"

—Pero yo no quiero andar entre locos —comentó Alicia—

"لكنني لا أريد أن أذهب بين المجانين "، قالت أليس

—Oh, no puedes evitarlo —dijo el Gato—

"أوه ، لا يمكنك المساعدة في ذلك "، قالت القطة

"Aquí estamos todos locos"

"نحن جميعا غاضبون هنا"

"¿Vas a jugar al croquet con la reina hoy?"

"هل تلعب الكروكيه مع الملكة اليوم؟"

—Me gustaría mucho —dijo Alicia—

قالت أليس" أود ذلك كثيرا!"

"pero todavía no me han invitado"

"لكنني لم تتم دعوتي بعد"

—Allí me verás —dijo el Gato—

قالت القطة" :ستراني هناك"

Y de un momento a otro el gato desapareció

ومن لحظة إلى أخرى اختفت القطة

pronto Alicia llegó a la vista de la casa de la liebre de marzo

سرعان ما ظهرت أليس على مرأى من منزل أرنب المسيرة

Era una casa muy grande

كان هذا منزلا كبيرا جدا

así que Alicia no quiso acercarse a la casa

لذلك لم ترغب أليس في الاقتراب من المنزل

Primero tuvo que mordisquear un poco más del trozo de
champiñón del lado izquierdo

في البداية كان عليها أن تقضم المزيد من الجزء الأيسر من الفطر

Una fiesta de té loca

حفلة شاي مجنونة

Delante de la casa había un árbol

أمام المنزل كانت هناك شجرة

y debajo del árbol había una mesa

وتحت الشجرة كانت هناك طاولة

y la mesa estaba puesta con toda clase de cubiertos

وتم إعداد الطاولة بجميع أنواع أدوات المائدة

La Liebre de Marzo y el Sombrerero estaban sentados a la mesa

كان أرنب المسيرة وصانع القبعات على الطاولة

y juntos estaban tomando el té

وكانوا يتناولون الشاي معا

Un lirón estaba sentado entre ellos

كان الزغب يجلس بينهما

y el lirón se durmió profundamente

وكان الزغب نائما سريعا

La mesa era de un tamaño extraordinario

كان الجدول بحجم غير عادي

Pero la mayor parte de la mesa estaba desocupada

لكن معظم الطاولة كانت غير مأهولة

Se sentaron apiñados en una esquina de la mesa

جلسوا مزدحمين معا في أحد أركان الطاولة

y, sin embargo, se excusaban cuando veían a Alicia

ومع ذلك فقد اختلقوا الأعذار عندما رأوا أليس

"¡No hay espacio! ¡No hay lugar!", gritaron

"لا مكان إلا مكان "إصرخوا

-¡Hay sitio de sobra! -exclamó Alicia indignada-

"هناك متسع كبير "إقالت أليس بسخط

En un extremo de la mesa había un gran sillón

في أحد طرفي الطاولة كان هناك كرسي كبير بذراعين

y Alicia se sentó en el sillón

وجلست أليس على الكرسي بذراعين

El sombrerero abrió mucho los ojos

فتح صانع القبعات عينيه على مصراعيه

No podía creer lo que estaba viendo

لم يستطع تصديق ما كان يراه

Pero su mente tenía curiosidad por otras cosas

لكن عقله كان فضوليا بشأن أشياء أخرى

—¿Por qué un cuervo es como un escritorio?

"لماذا الغراب مثل مكتب الكتابة؟"

Alicia estaba abierta al reto

كانت أليس منفتحة على التحدي

"Me alegro de que hayan empezado a hacer adivinanzas"

"أنا سعيد لأنهم بدأوا في طرح الألغاز"

—Creo que puedo adivinarlo —añadió en voz alta—

وأضافت بصوت عال" :أعتقد أنني أستطيع تخمين ذلك"

La liebre de marzo sintió curiosidad por Alicia

أصبح أرنب المسيرة فضوليا بشأن أليس

"¿De verdad crees que puedes encontrar la respuesta?"

"هل تعتقد حقا أنه يمكنك العثور على الإجابة؟"

—Creo que puedo encontrar la respuesta —dijo Alicia—

قالت أليس" :أعتقد أنني أستطيع العثور على الإجابة بالفعل"

—Entonces deberías decir lo que quieres decir —prosiguió la liebre de la marcha—

"إذن يجب أن تقول ما تعنيه "، استمر أرنب المسيرة

—Digo lo que quiero decir —respondió Alicia apresuradamente—

"أنا أقول ما أعنيه "، أجابت أليس على عجل

"por lo menos quiero decir lo que digo"

"على الأقل أعني ما أقوله"

"Es lo mismo, ¿sabes?"

"هذا نفس الشيء ، كما تعلم"

El lirón también contribuyó a la conversación

ساهم الزغب أيضا في المحادثة

Pero el lirón parecía estar hablando en sueños

لكن بدا أن الزغب يتحدث أثناء نومه

"Respiro cuando duermo"

"أتنفس عندما أنام"

"¡Duermo cuando respiro!"

"أنام عندما أتنفس"!

"Bien podría decirse que también son lo mismo"

"يمكنك أيضا القول إنهما متماثلان أيضا"

-A ti te pasa lo mismo -dijo el sombrerero-

"إنه نفس الشيء معك "، قال صانع القبعات

Y echó un poco de té en la nariz del lirón

وسكب القليل من الشاي على أنف الdormouse

El Lirón sacudió la cabeza con impaciencia

هز الزغب رأسه بفارغ الصبر

Y volvió a hablar el Lirón, sin abrir los ojos

ومرة أخرى تحدث الزغب ، دون أن يفتح عينيه

"Por supuesto, por supuesto que es lo mismo"

"بالطبع ، بالطبع هو نفسه"

"eso es justo lo que iba a decir yo mismo"

"هذا بالضبط ما كنت سأقوله"

El sombrerero se volvió hacia Alicia y le hizo otra pregunta

التفت صانع القبعات إلى أليس وطرح سؤالا آخر

—¿Ya has adivinado el enigma?

"هل خمنت اللغز بعد؟"

—No, me rindo —concedió Alicia—

"لا ، أنا أستسلم "، اعترفت أليس

"¿Cuál es la respuesta?", quiso saber

"ما هو الجواب؟" "أرادت أن تعرف

—No tengo la menor idea —dijo el sombrerero—

قال صانع القبعة": ليس لدي أدنى فكرة"

-Ni yo lo sé -dijo la liebre-

"ولا أعرف "، قال أرنب المسيرة

Alicia dio un suspiro de cansancio

تنهدت أليس بالتعب

"Hay mejores usos del tiempo que los enigmas sin
respuestas"

"هناك استخدامات أفضل للوقت من الألغاز بدون إجابات"

-¡Toma un poco más de té! -dijo la liebre a Alicia, muy
seriamente-

"تناول المزيد من الشاي "، قال أرنب المسيرة لأليس بجدية شديدة

Alicia se sintió bastante ofendida por la oferta

شعرت أليس بالإهانة من العرض

—Todavía no he tomado el té —respondió Alicia—

أجابت أليس": لم أتناول الشاي بعد"

"por lo tanto, no puedo tomar más té"

"لذلك لا يمكنني تناول المزيد من الشاي"

—Quieres decir que no puedes tomar menos té —dijo el
sombrerero—

قال صانع القبعة": أنت تقصد أنه لا يمكنك تناول كمية أقل من الشاي"

"Es muy fácil llevarse más que nada"

"من السهل جدا أن تأخذ أكثر من لا شيء"

Al oír esto, Alicia se levantó y se marchó

عند هذا ، نهضت أليس وخرجت

El lirón se durmió al instante

نام الزغب على الفور

y ninguno de los otros hizo la menor atención de que ella se
fuera

ولم ينتبه أي من الآخرين بذهابها

aunque miró hacia atrás una o dos veces

على الرغم من أنها نظرت إلى الوراء مرة أو مرتين

Intentaban meter el lirón en la tetera

كانوا يحاولون وضع الزغب في إبريق الشاي

-De todos modos, ¡no volveré a ir allí! -dijo Alicia-

"على أي حال ، لن أذهب إلى هناك مرة أخرى "إقالت أليس

Y ella caminó su camino a través del bosque

وسارت في طريقها عبر الغابة

"Esa fue la fiesta del té más estúpida a la que he ido en mi vida"

"كان هذا أغبى حفلة شاي زرتها على الإطلاق"

Justo cuando dijo esto, notó algo

تماما كما قالت هذا ، لاحظت شيئا ما

Uno de los árboles tenía una puerta que daba directamente a él

كان لإحدى الأشجار باب يؤدي إليها مباشرة

"¡Eso es muy interesante!", pensó

"هذا مثير جدا للاهتمام "إفكرت

"Creo que es mejor que pase por la puerta"

"أعتقد أنني قد أذهب أيضا من الباب"

Y entró por la puerta

وذهبت عبر الباب

Una vez más se encontró en el largo pasillo

مرة أخرى وجدت نفسها في القاعة الطويلة

De nuevo estaba cerca de la mesita de cristal

مرة أخرى كانت قريبة من الطاولة الزجاجية الصغيرة

Ella tomó la pequeña llave de oro

أخذت المفتاح الذهبي الصغير

Y abrió la puerta que daba al jardín

وفتحت الباب المؤدي إلى الحديقة

Luego se puso manos a la obra mordisqueando el hongo

ثم شرعت في العمل على قضم الفطر

Había guardado un trozo de la seta en el bolsillo

كانت قد احتفظت بقطعة من الفطر في جيبها

Y, por último, medía alrededor de un metro de altura

وأخيرا كان طولها حوالي متر

Luego caminó por el pequeño pasillo

ثم سارت في الممر الصغير

Y entonces finalmente se encontró en el hermoso jardín

ثم وجدت نفسها أخيرا في الحديقة الجميلة

y ella estaba entre la flor brillante y las fuentes frescas

وكانت بين الزهرة الزاهية والنوافير الباردة

El campo de croquet de la reina

أرض الكروكيه للملكة

Un gran rosal se alzaba cerca de la entrada del jardín

وقفت شجرة ورد كبيرة بالقرب من مدخل الحديقة

Las rosas que crecían en el árbol eran blancas

كانت الورود التي تنمو على الشجرة بيضاء

Pero había tres jardineros pintando la rosa

ولكن كان هناك ثلاثة بستانيين يرسمون الوردة

Estaban ocupados pintando las rosas de rojo

كانوا مشغولين بطلاء الورود باللون الأحمر

y Alicia los miraba pintar las rosas de rojo

وكانت أليس تشاهدهم يرسمون الورود باللون الأحمر

y de repente sus ojos se posaron por casualidad en Alicia

وفجأة صادفت عيونهم أن تسقط على أليس

Alicia habló un poco tímidamente

تحدثت أليس بخجل قليلا

—¿Podría decírmelo, por favor?

"هل تخبرني من فضلك ؛"

"¿Por qué están pintando todas esas rosas?"

"لماذا ترسم تلك الورود؟"

Cinco y siete no dijeron nada, pero miraron a dos

خمسة وسبعة لم يقولوا شيئا ، لكنهم نظروا إلى اثنين

Dos hablaron, en voz baja

تحدث اثنان بصوت منخفض

"Vaya, el hecho es que ya lo ve, señora"

"لماذا ، الحقيقة هي ، كما ترى ، سيدتي"

"Esto de aquí debería haber sido un rosal rojo"

"كان يجب أن تكون هذه هنا شجرة وردة حمراء"

"Y pusimos un rosal blanco por error"

"ووضعنا شجرة وردة بيضاء عن طريق الخطأ"

"Como estarás de acuerdo, la Reina no debe enterarse"

"كما توافق ، يجب على الملكة ألا تكتشف ذلك"

"De lo contrario, nos cortarían la cabeza a todos"

"وإلا لكنا جميعا نقطع رؤوسنا"

"Así que ya ve, señora, estamos haciendo lo mejor que podemos"

"لذا ترون ، سيدتي ، نحن نبذل قصارى جهدنا"

La Carta Cinco había estado mirando ansiosamente a través
del jardín

كانت البطاقة الخامسة تنظر بقلق عبر الحديقة

En ese momento, la carta cinco gritó: "¡La reina! ¡La reina!"

في هذه اللحظة صرخت البطاقة الخامسة ،" الملكة إالملكة"!

Y los tres jardineros se escabulleron al instante

واندفع البستانيون الثلاثة على الفور بعيدا

Y se arrojaron de bruces

وألقوا بأنفسهم على وجوههم

Se oyó el sonido de muchos pasos

كان هناك صوت خطى كثيرة

Alicia miró a su alrededor, ansiosa por ver a la reina

نظرت أليس حولها ، حريصة على رؤية الملكة

Al comienzo de la procesión había diez soldados

في بداية الموكب كان هناك عشرة جنود

Sus manos y pies estaban en las esquinas

كانت أيديهم وأقدامهم في الزوايا

y en sus manos y pies había garrotes

وفي أيديهم وأقدامهم الهراوات

Luego vinieron los diez cortesanos

بعد ذلك جاء رجال الحاشية العشرة

Los cortesanos estaban adornados con diamantes

كان رجال الحاشية مزينين بالماس

Después de los cortesanos venían los hijos reales

بعد رجال الحاشية جاء الأطفال الملكيون

Eran diez los hijos de la realeza

كان هناك عشرة من الأطفال الملكيين

y todos los niños reales estaban adornados con corazones

وجميع الأبناء الملكيين مزينون بقلوب

Luego vinieron los invitados; en su mayoría reyes y reinas

بعد ذلك جاء الضيوف .معظمهم من الملوك والملكات

y entre los reyes y la reina, Alicia vio a alguien

ومن بين الملوك والملكة رأت أليس شخصا ما

Volvió a ver al conejo blanco que había perseguido

رأت مرة أخرى الأرنب الأبيض الذي طاردته

La procesión fue seguida por la sota de los corazones

تبع الموكب بسكين القلوب

Llevaba la corona del rey

كان يحمل تاج الملك

y la corona del rey estaba sobre un cojín de terciopelo carmesí

وكان تاج الملك على وسادة مخملية قرمزية

Y entonces llegó el final de esta gran procesión

ثم جاءت نهاية هذا الموكب الكبير

Y allí, al final, estaban el Rey y la Reina de Corazones

وهناك في النهاية كان ملك وملكة القلوب

la procesión venía frente a Alicia

جاء الموكب مقابل أليس

Y todos se detuvieron y la miraron

وتوقفوا جميعا ونظروا إليها

Y la reina dijo severamente: "¿Quién es éste?"

فقالت الملكة بشدة ،" من هذا؟"

Se lo dijo a la Sota de Corazones

قالت ذلك لKnave of Hearts

Pero él se limitó a hacer una reverencia y a sonreír en respuesta

لكنه انحنى وابتسم ردا على ذلك

Alicia habló muy cortésmente

تحدثت أليس بأدب شديد

"Mi nombre es Alicia, así que por favor, su majestad"

"اسمي أليس ، لذا أرجو جلالتك"

Pero ella tenía otros pensamientos para sí misma

لكن كانت لديها أفكار أخرى لنفسها

"¡Después de todo, son solo un mazo de cartas!"

"إنها مجرد حزمة من البطاقات ، بعد كل شيء"!

"¿Sabes jugar al croquet?", gritó la reina

"هل يمكنك لعب الكروكيه؟" "صرخت الملكة

Era evidente que la pregunta iba dirigida a Alicia

من الواضح أن السؤال كان مخصصا لأليس

-¡Sí! -dijo Alicia en voz alta-

"نعم "!قالت أليس بصوت عال

—¡Ven a jugar! —rugió la reina—

"تعال والعب إذن "إزأرت الملكة

una voz tímida le habló a Alicia

تحدث صوت خجول إلى أليس

"¡Es un día muy hermoso!"

"إنه يوم جيد جدا"!

Caminaba junto al conejo blanco

كانت تمشي بجانب الأرنب الأبيض

y el Conejo Blanco la miraba ansiosamente a la cara

وكان الأرنب الأبيض يختلس النظر بقلق في وجهها

—Un día muy bueno —confirmó Alicia—

"يوم جيد جدا حقا "، أكدت أليس

—¿Dónde está la duquesa?

"أين الدوقة؟"

"¡Silencio! ¡Silencio!", dijo el Conejo

"صمت إصمت "إقال الأرنب

"Está condenada a muerte"

"إنها محكوم عليها بالإعدام"

—¿Por qué la ejecutan? —preguntó Alicia

"لماذا يتم إعدامها؟ "سألت أليس

—Le ha rayado las orejas a la reina —empezó a decir el
conejo—

"لقد جرجرت أذني الملكة "، بدأ الأرنب

—gritó la Reina con voz de trueno—

صرخت الملكة بصوت الرعد

"¡Vayan a sus lugares!"

"اذهب إلى أماكنك"!

Y la gente empezó a correr en todas direcciones

وبدأ الناس يركضون في كل الاتجاهات

y todos tropezaron unos con otros

وسقطوا جميعا ضد بعضهم البعض

Sin embargo, se calmaron en uno o dos minutos

ومع ذلك ، استقروا في دقيقة أو دقيقتين

Y entonces comenzó el juego

ثم بدأت اللعبة

Alicia nunca había visto un campo de croquet tan curioso

لم تر أليس مثل هذه الأرض الغريبة من قبل

La hierba era todo crestas y surcos

كان العشب كلها تلال وأخاديد

Las bolas de croquet eran erizos de verdad

كانت كرات الكروكيه قنافذ حقيقية

y los mazos eran flamencos de verdad

وكانت المطارق طيور النحام الحقيقية

Y los soldados se pusieron de pie sobre sus manos y sus pies

ووقف الجنود على أيديهم وأقدامهم

porque los arcos estaban hechos de sus cuerpos

لأن الأقواس كانت مصنوعة من أجسادهم

Todos los jugadores jugaron a la vez

لعب جميع اللاعبين في وقت واحد

Nadie esperó su turno

لم ينتظر أحد أدوارهم

y todos se peleaban con todos

وتشاجر الجميع مع الجميع

y todos luchaban por los erizos

وكانوا جميعا يقاتلون من أجل القنافذ

Pronto la reina se vio presa de una furiosa pasión

سرعان ما كانت الملكة في شغف غاضب

Y empezó a patalear y a gritar

وبدأت تختم وتصرخ

"¡Córtale la cabeza!"

"اقطع رأسه"!

"¡Córtale la cabeza!"

"اقطع رأسها"!

"¡Córtale la cabeza a todos!"

"اقطع كل رؤوسهم"!

De nuevo Alicia pensó para sí misma

مرة أخرى فكرت أليس في نفسها

"Son terriblemente aficionados a decapitar a la gente aquí"

"إنهم مغرمون بشكل رهيب بقطع رؤوس الناس هنا"

"¡La gran maravilla es que quede alguien vivo!"

"العجب الكبير هو أن هناك أي شخص بقي على قيد الحياة"!

Buscaba alguna vía de escape

كانت تبحث عن طريقة للهروب

Notó una curiosa apariencia en el aire

لاحظت مظهرا غريبا في الهواء

«Es el gato de Cheshire», se dijo a sí misma

قالت لنفسها" :إنها قطة شيشاير"

"Ahora tendré a alguien con quien hablar"

"الآن سيكون لدي شخص أتحدث إليه"

—¿Cómo te va? —preguntó el gato

"كيف حالك؟ "قالت القطة

—No creo que jueguen nada limpio —dijo Alicia—

قالت أليس" :لا أعتقد أنهم يلعبون بشكل عادل على الإطلاق"

Y tenía un tono bastante quejumbroso

وكان لديها نبرة شكوى إلى حد ما

"Todos se pelean tan terriblemente"

"كلهم يتشاجرون بشكل مخيف"

"Uno no se oye hablar"

"لا يمكن للمرء أن يسمع نفسه يتكلم"

"Y no parecen jugar con ninguna regla"

"ولا يبدو أنهم يلعبون بأي قواعد"

el gato le hizo una pregunta a Alicia en voz baja

سألت القطة أليس سؤالا بصوت منخفض

—¿Qué te parece la reina?

"كيف تحب الملكة؟"

—No me gusta nada —dijo Alicia—

قالت أليس" :أنا لا أحبها على الإطلاق"

Alicia pensó que sería mejor que volviera

اعتقدت أليس أنها قد تعود أيضا

Quería ver cómo iba el partido

أرادت أن ترى كيف تسير اللعبة

Se fue en busca de su erizo

ذهبت بحثا عن قنفذها

El erizo estaba ocupado luchando contra otro erizo

كان القنفذ مشغولا بمحاربة قنفذ آخر

Esta fue una excelente oportunidad

كانت هذه فرصة ممتازة

Podía hacer croquet a un erizo con el otro

يمكنها كروكيه قنفذ واحد مع الآخر

Pero su flamenco estaba al otro lado del jardín

لكن طيور النحام كانت على الجانب الآخر من الحديقة

El flamenco era bastante torpe

كان طيور النحام أخرق إلى حد ما

Su flamenco intentaba volar hacia un árbol

كانت فلامنغو تحاول الطيران إلى شجرة

Atrapó al flamenco por la pierna

أمسكت بطائر النحام من ساقها

Y guardó el flamenco bajo el brazo

ووضعت طيور النحام بعيدا تحت ذراعها

De esa manera, el flamenco no pudo escapar de nuevo

بهذه الطريقة لم يستطع فلامنغو الهروب مرة أخرى

Justo en ese momento Alicia se encontró con la duquesa

عندها فقط التقت أليس بالدوقة

La duquesa ya había salido de la cárcel

كانت الدوقة الآن خارج السجن

Metió cariñosamente su brazo bajo el brazo de Alicia

وضعت ذراعها بمودة تحت ذراع أليس

Y luego se fueron juntos

ثم انطلقوا معا

Alicia se alegró mucho de encontrarla de tan buen humor

كانت أليس سعيدة جدا بالعثور عليها في مثل هذا المزاج اللطيف

Sin embargo, estaba un poco asustada

ومع ذلك ، كانت مندهشة بعض الشيء

Oyó la voz de la duquesa cerca de su oído

سمعت صوت الدوقة بالقرب من أذنها

"Estás pensando en algo, querida"

"أنت تفكر في شيء ما يا عزيزي"

"Y eso hace que te olvides de hablar"

"وهذا يجعلك تنسى التحدث"

—El juego va bastante mejor ahora —dijo Alicia—

قالت أليس" :اللعبة تسير بشكل أفضل الآن"

Era una forma de mantener la conversación

كانت إحدى الطرق للحفاظ على استمرار المحادثة

-Así es -dijo la duquesa-

قالت الدوقة" :إنه كذلك بالفعل"

"Y la moraleja de eso es esta:"

"والمغزى من ذلك هو":

"¡Es el amor el que lo hace todo!"

"الحب هو الذي يفعل كل شيء"!

"El amor es lo que hace que el mundo gire"

"الحب هو ما يجعل العالم يدور"

Alicia tenía otra explicación

كان لدى أليس تفسير آخر

"¡Lo hace todo el mundo ocupándose de sus propios
asuntos!"

"يتم ذلك من قبل الجميع الذين يهتمون بشؤونه الخاصة"!

—¡Ah, bueno! Podrías tener razón"

"آه ، حسنا إيمكن أن تكون على حق"

-Todo significa lo mismo -dijo la duquesa-

قالت الدوقة" :كل هذا يعني نفس الشيء إلى حد كبير"

y hundió su afilada barbilla en el hombro de Alicia

وحفرت ذقنها الصغيرة الحادة في كتف أليس

"Y la moraleja de eso es esta"

"والمغزى من ذلك هو هذا"

"Cuida el sentido"

"اعتني بالإحساس"

"Y entonces los sonidos se encargarán de sí mismos"

"وبعد ذلك ستعتني الأصوات بنفسها"

Pero entonces el brazo de la duquesa empezó a temblar

ولكن بعد ذلك بدأت ذراع الدوقة ترتجف

Alicia alzó la vista y allí estaba la reina

نظرت أليس إلى الأعلى ووقفت الملكة

La reina tenía los brazos cruzados

كانت الملكة مطوية ذراعيها

¡Y ella fruncía el ceño como una tormenta eléctrica!

وكانت عبوسة مثل عاصفة رعدية!

—Te advierto —gritó la reina—

"أعطيك تحذيرا عادلا "، صرخت الملكة

Y pisoteó el suelo mientras hablaba

وداست على الأرض وهي تتحدث

"O tu cabeza o la suya deben estar cortadas"

"إما أن يكون رأسك أو رأسها قبالة"

"¡Toma tu decisión!"

"خذ اختيارك"!

"Y ser rápido al respecto"

"وكن سريعا في ذلك"

La duquesa hizo su elección

اتخذت الدوقة اختيارها

Y al cabo de un instante la duquesa se fue

وفي غضون لحظة ذهبت الدوقة

Entonces la reina le habló a Alicia

ثم تحدثت الملكة إلى أليس

"Sigamos con el juego"

"دعنا نواصل اللعبة"

Alicia estaba demasiado asustada para decir una palabra

كانت أليس خائفة جدا من أن تقول كلمة واحدة

Y la siguió lentamente hasta el campo de croquet

وتبعتها ببطء إلى أرض الكروكيه

Todo el tiempo la Reina se peleó con los otros jugadores

طوال الوقت تشاجرت الملكة مع اللاعبين الآخرين

"¡Córtale la cabeza!"

"اقطع رأسه"!

"¡Córtale la cabeza!"

"اقطع رأسها"!

"¡Córtale la cabeza a todos!"

"اقطع كل رؤوسهم"!

Pronto todos los jugadores estaban bajo custodia

سرعان ما تم احتجاز جميع اللاعبين

solo quedaron el rey, la reina y Alicia

بقي فقط الملك والملكة وأليس

Entonces la reina se marchó, casi sin aliento

ثم غادرت الملكة ، وهي تتنفس تماما

y se fue con Alicia

وابتعدت مع أليس

Alicia oyó que el rey decía algo en voz baja

سمعت أليس الملك يقول شيئا بهدوء

"Estáis todos perdonados"

"لقد عفوا عنكم جميعا"

Pero de repente se oyó otro grito

لكن فجأة سمعت صرخة أخرى

"¡El juicio está comenzando!"

"المحاكمة تبدأ"!

y Alicia corrió con los demás

وركضت أليس مع الآخرين

¿Quién robó las tartas?

من سرق الفطائر؟

El rey y la reina de corazones estaban sentados

جلس ملك وملكة القلوب

estaban en su trono cuando llegó Alicia

كانوا على عرشهم عندما وصلت أليس

Había una gran multitud reunida a su alrededor

كان هناك حشد كبير متجمعا حولهم

Había todo tipo de pajaritos y bestias

كان هناك كل أنواع الطيور والوحوش الصغيرة

Y allí estaba toda la baraja de cartas

وكانت هناك حزمة كاملة من البطاقات

La sota estaba de pie frente a ellos, encadenada

كان المقبض يقف أمامهم ، مقيدا بالسلاسل

y había un soldado a cada lado para custodiarlo

وكان هناك جندي على كل جانب لحراسته

cerca del Rey estaba el conejo blanco

بالقرب من الملك كان الأرنب الأبيض

Tenía una trompeta en una mano

كان لديه بوق في يد واحدة

y tenía un rollo de pergamino en la otra mano

وكان لديه لفافة من المخطوطات في اليد الأخرى

En el centro del patio había una mesa

في منتصف المحكمة كانت هناك طاولة

Sobre la mesa había un gran plato de tartas

على الطاولة كان هناك طبق كبير من الفطائر

«Ojalá hicieran el juicio», pensó Alicia

"أتمنى أن ينجزوا المحاكمة "، فكرت أليس

—¡Entonces podríamos comer algunos de esos refrescos!

"ثم يمكننا أن نأكل بعض تلك المرطبات"!

El juez, por cierto, era el rey

بالمناسبة ، كان القاضي هو الملك

y llevaba su corona sobre su gran peluca

وارتدى تاجه فوق شعر مستعار كبير

«Ésa es la tribuna del jurado», pensó Alicia

"هذا هو صندوق هيئة المحلفين "، فكرت أليس

"Y esas doce criaturas, supongo que son los miembros del jurado"

"وتلك المخلوقات الاثني عشر ، أفترض أنها المحلفون"

algunos eran animales y otros eran pájaros

كان بعضها وبعضها طيورا

En ese momento el conejo blanco gritó

عندها فقط صرخ الأرنب الأبيض

"¡Silencio en la corte!"

"الصمت في المحكمة"!

"¡Heraldo, lee la acusación!", dijo el rey

"هيرالد ، اقرأ الاتهام "إقال الملك

El Conejo Blanco tocó tres veces la trompeta

فجر الأرنب الأبيض ثلاث انفجارات على البوق

Luego desenrolló el rollo de pergamino

ثم قام بفتح لفيفة المخطوطة

Y leyó lo siguiente:

وقرأ على النحو التالي:

"La reina de corazones, hizo unas tartas"

"ملكة القلوب ، صنعت بعض الفطائر ،"

"Todo esto lo hizo en un día de verano"

"كل هذا فعلته في يوم صيفي"

"La sota de los corazones, robó esas tartas"

"سكين القلوب ، سرق تلك الفطائر"

—¡Y se llevó esas tartas muy lejos!

"وأخذ تلك الفطائر بعيدا"!

—Llama al primer testigo —dijo el rey—

"قال الملك: استدع الشاهد الأول"

y el conejo blanco tocó tres veces la trompeta

وفجر الأرنب الأبيض ثلاث انفجارات على البوق

"¡Traigan al primer testigo!", gritó

"أحضر الشاهد الأول "إصرخ

El primer testigo fue el sombrerero

كان الشاهد الأول صانع القبعات

Entró con una taza de té en una mano

جاء بفنجان شاي في يد واحدة

Y tenía un pedazo de pan con mantequilla en la otra mano

وكان لديه قطعة خبز وزبدة في اليد الأخرى

—Tendrías que haber terminado —dijo el rey—

"قال الملك: كان يجب أن تكون قد انتهيت"

—¿Cuándo empezaste?

"متى بدأت؟"

El sombrerero miró a la liebre de marcha

نظر صانع القبعات إلى أرنب المسيرة

La Liebre de Marzo lo había seguido hasta el patio

تبعه أرنب المسيرة إلى المحكمة

Había caminado del brazo del lirón

كان يمشي جنبا إلى جنب مع الزغب

—El catorce de marzo, creo que fue —dijo—

"قال: الرابع عشر من مارس ، أعتقد أنه كان"

—Da tu testimonio —dijo el rey—

"قال الملك: قدم شهادتك"

"Y no te pongas nervioso, o te haré ejecutar en el acto"

"ولا تكن متوترا ، وإلا سأعدمك على الفور"

Esto no pareció animar en absoluto al testigo

لا يبدو أن هذا يشجع الشاهد على الإطلاق

Seguía moviéndose de un pie al otro

استمر في التحول من قدم إلى أخرى

Y miró inquieto a la reina

ونظر بقلق إلى الملكة

Y, en su confusión, mordió un gran trozo de su taza de té

وفي ارتباكه ، عض قطعة كبيرة من فنجان الشاي الخاص به

En realidad, tenía la intención de morder de su pan y
mantequilla

حقا كان يقصد أن يعض من خبزه وزبدته

Justo en ese momento, Alicia sintió una sensación muy
curiosa

في هذه اللحظة فقط شعرت أليس بإحساس فضولي للغاية

Empezaba a crecer de nuevo

كانت قد بدأت تنمو بشكل أكبر مرة أخرى

Al miserable sombrerero se le cayó la taza de té

أسقط صانع القبعات البائس فنجان الشاي الخاص به

y el pan y la mantequilla cayeron al suelo

وسقط الخبز والزبدة على الأرض

Y cayó sobre una rodilla

ونزل على ركبة واحدة

—Soy un pobre hombre, majestad —comenzó—

"أنا رجل فقير ، جلالة الملك "، بدأ

—Eres un orador muy malo —dijo el rey—

قال الملك" :أنت متحدث فقير جدا"

—Puedes irte —dijo el rey—

قال الملك" :يمكنك الذهاب"

Y el sombrerero abandonó apresuradamente el patio

وغادر صانع القبعات الملعب على عجل

—¡Llama al próximo testigo! —dijo el rey—

قال الملك "إستدع الشاهد التالي"

El siguiente testigo fue el cocinero de la duquesa

كان الشاهد التالي طباخ الدوقة

Llevaba la caja de pimienta en la mano

حملت صندوق الفلفل في يدها

Y la gente que estaba cerca de la puerta empezó a estornudar
de repente

وبدأ الناس بالقرب من الباب في العطس دفعة واحدة

—Da tu testimonio —dijo el rey—

قال الملك" :قدم شهادتك"

-No daré ninguna prueba -dijo el cocinero-

قال الطباخ" :لن أقدم أي دليل"

El rey miró ansiosamente al conejo blanco

نظر الملك بقلق إلى الأرنب الأبيض

Y el conejo blanco habló en voz baja

وتحدث الأرنب الأبيض بصوت هادئ

"Su Majestad debe interrogar a este testigo"

"يجب على جلالتك استجواب هذا الشاهد"

"Bueno, si debo, debo", dijo el rey

قال الملك" :حسنا ، إذا كان لا بد لي ، يجب أن أفعل ذلك"

"¿De qué están hechas las tartas?"

"مما تصنع الفطائر؟"

—Las tartas están hechas de pimienta, en su mayoría —dijo
el cocinero—

قال الطباخ" :الفطائر مصنوعة من الفلفل في الغالب"

Durante algunos minutos, toda la corte estuvo en confusión

لبضع دقائق كانت المحكمة بأكملها في حالة ارتباك

Con el tiempo, todos se calmaron de nuevo

في النهاية استقروا جميعا مرة أخرى

Pero para entonces el cocinero había desaparecido

ولكن بحلول ذلك الوقت كان الطباخ قد اختفى

"¡No importa!", dijo el rey

"لا تهتم "إقال الملك

"Llamar al estrado al próximo testigo"

"دعوة الشاهد التالي إلى المنصة"

Alicia observó al conejo blanco mientras él repasaba a
tientas la lista

شاهدت أليس الأرنب الأبيض وهو يتعثر في القائمة

Puedes imaginar su sorpresa por lo que escuchó a
continuación

يمكنك أن تتخيل دهشتها مما سمعته بعد ذلك

con su vocecita estridente, llamó el nombre de «¡Alicia!»

في الجزء العلوي من صوته الصغير الحاد ، أطلق على اسم" أليس"!

-¡Aquí! -exclamó Alicia-

"هنا "إصرخت أليس

Se levantó de un salto a toda prisa

قفزت على عجل كبير

Y volcó el estrado del jurado

وانقلبت على صندوق هيئة المحلفين

y derribó a todos los miembros del jurado

وأطاحت بجميع أعضاء هيئة المحلفين

y cayeron sobre las cabezas de la muchedumbre de abajo

وسقطوا على رؤوس الحشد أدناه

Alicia estaba muy consternada

كانت أليس في حالة من الفزع الشديد

"¡Oh, le ruego que me perdone!", exclamó

"أوه ، أطلب العفو "إصرخت

—El juicio no puede continuar —dijo el rey—

"قال الملك" :لا يمكن أن تستمر المحاكمة

"Los miembros del jurado deben volver a ocupar su lugar"

"يجب على أعضاء هيئة المحلفين العودة إلى أماكنهم الصحيحة"

Repitió la orden con gran énfasis

كرر الأمر بتركيز كبير

y miró a Alicia con severidad

ونظر إلى أليس بصرامة

—¿Qué sabe usted de estos acontecimientos? —preguntó el
rey a Alicia

"ماذا تعرف عن هذه الأحداث؟ "سأل الملك أليس

—No sé nada sobre el tema —dijo Alicia—

"قالت أليس" :لا أعرف شيئا عن هذا الموضوع

Entonces el rey leyó de su libro

ثم قرأ الملك من كتابه

"Regla cuarenta y dos"

"القاعدة الثانية والأربعون"

"Todas las personas que tengan más de una milla de altura
deben abandonar el tribunal"

"يجب على جميع الأشخاص الذين يزيد ارتفاعهم عن ميل واحد مغادرة

"المحكمة

—No mido ni una milla de altura —dijo Alicia—

قالت أليس" :أنا لست على ارتفاع ميل واحد"

—Casi dos millas de altura —dijo la Reina—

قالت الملكة" :ما يقرب من ميلين"

—Bueno, me niego a ir —dijo Alicia—

قالت أليس" :حسنا ، أنا أرفض الذهاب"

El rey palideció

أصبح الملك شاحبا

Y cerró apresuradamente su cuaderno de notas

وأغلق دفتر ملاحظاته على عجل

"Consideren su veredicto", le dijo al jurado

قال لهيئة المحلفين" :ضع في اعتبارك حكمك"

Habló en voz baja y temblorosa

تحدث بصوت منخفض يرتجف

Entonces habló el conejo blanco

ثم تحدث الأرنب الأبيض

"Todavía hay más pruebas por venir"

"هناك المزيد من الأدلة القادمة حتى الآن"

Y se levantó de un salto a toda prisa

وقفز على عجل كبير

"Este papel acaba de ser recogido"

"تم التقاط هذه الورقة للتو"

"Parece ser una carta escrita por el prisionero"

"يبدو أنها رسالة كتبها السجين"

Desdobló el papel mientras hablaba

فتح الورقة وهو يتحدث

"Al fin y al cabo, no es una carta"

"إنها ليست رسالة ، بعد كل شيء"

"Lo que era era un conjunto de versos"

"ما كان عليه مجموعة من الآيات"

—Por favor, majestad —dijo el bribón—

"من فضلك ، جلالة الملك "، قال السكين

"Yo no escribí esos versos"

"لم أكتب تلك الآيات"

"y no pueden probar que yo escribí nada"

"ولا يمكنهم إثبات أنني كتبت أي شيء"

"No hay ningún nombre firmado al final"

"لا يوجد اسم موقع في النهاية"

El rey le habló a la sota

تحدث الملك إلى الكناف

"Debes haber tenido la intención de causar algún daño"

"لا بد أنك قصدت التسبب في بعض الأذى"

"De lo contrario, habrías firmado con tu nombre como un
hombre honrado"

"وإلا كنت ستوقع اسمك كرجل نزيه"

Hubo un aplauso general

كان هناك تصفيق عام للأيدي

Y el rey se volvió hacia el conejo blanco

والتفت الملك إلى الأرنب الأبيض

—Lee los versos —ordenó—

"اقرأ الآيات "، أمر

Hubo un silencio sepulcral en la corte

ساد صمت ميت في المحكمة

Y el conejo blanco leyó los versos

وقرأ الأرنب الأبيض الآيات

Me dijeron que habías estado con ella

أخبروني أنك كنت معها

Y me mencionaron a él

وذكروني له

Ella me dio un buen carácter

لقد أعطتني شخصية جيدة

Pero ella dijo que yo no sabía nadar

لكنها قالت إنني لا أستطيع السباحة

Les mandó decir que yo no había ido

أرسل لهم كلمة لم أذهب

Sabemos que es verdad

نحن نعلم أن هذا صحيح

Si ella insistiera en el asunto, ¿qué sería de ti?

إذا كان عليها أن تدفع الأمر ، فماذا سيحدث لك؟

Yo le di uno, ellos le dieron dos

أعطيتها واحدة ، وأعطوه اثنين

Nos diste tres o más

لقد أعطيتنا ثلاثة أو أكثر

Todos volvieron de él a ti

لقد عادوا منه جميعا إليك

aunque antes eran míos

على الرغم من أنهم كانوا لي من قبل

Si yo o ella tuviéramos la oportunidad de serlo

إذا كان يجب أن أكون أو هي فرصة

Si yo o ella estuviéramos involucrados en este asunto

إذا كنت متورطا في هذه القضية

Él confía en ti para liberarlos

إنه يثق بك لتحريرهم

Exactamente como estábamos

تماما كما كنا

Mi idea era que tú habías sido

كانت فكرتي أنك كنت

Antes de que ella tuviera este ataque

قبل أن يكون لديها هذا النوبة

Un obstáculo que se interpuso entre

عقبة جاءت بين

A Él, y a nosotros mismos, y a

هو ، وأنفسنا ، وهو

No le dejes saber que a ella le gustaban más

لا تدعه يعرف أنها أحبتهم أكثر

Porque esto debe ser para siempre un secreto, guardado de todos los demás

لأن هذا يجب أن يكون سرا إلى الأبد ، مخفيا عن البقية

Este secreto debe seguir siendo un secreto entre tú y yo

يجب أن يظل هذا السر سرا بيني وبينك

El rey quedó muy impresionado

أعجب الملك كثيرا

"Esa es la prueba más importante que hemos escuchado hasta ahora"

"هذا هو أهم دليل سمعناه حتى الآن"

—No creo que esos versos tengan un átomo de significado — objetó Alicia—

"لا أعتقد أن هذه الآيات تحمل ذرة من المعنى "، اعترضت أليس

el rey tenía su propia opinión al respecto

كان للملك رأيه الخاص في هذه المسألة

"Si no hay significado en esas palabras, eso salva un mundo de problemas"

"إذا لم يكن هناك معنى لهذه الكلمات ، فهذا ينقذ عالما من المتاعب"

"Entonces no necesitamos tratar de encontrar el significado"

"إذن لا نحتاج إلى محاولة العثور على المعنى"

"Que el jurado considere su veredicto"

"دع هيئة المحلفين تنظر في حكمهم"

-¡No, no! -dijo la reina-

"لا لا "إقالت الملكة

"Primero la sentencia y después el veredicto"

"الحكم أولا ـ الحكم بعد ذلك"

-¡Tonterías y tonterías! -exclamó Alicia en voz alta-

"الاشياء والهراء "إقالت أليس بصوت عال

"¡Qué tontería es sentenciar al acusado primero!"

"كم هو سخيف أن نحكم على المدعى عليه أولا"!

—¡Cállate la lengua! —dijo la reina, poniéndose morada—

"امسك لسانك "إقالت الملكة ، وتحولت إلى اللون الأرجواني

-¡No me callaré! -exclamó Alicia-

"لن أمسك لساني

—gritó la Reina a voz en cuello—

صرخت الملكة بأعلى صوتها

"¡Córtale la cabeza!"

"اقطع رأسها"!

Nadie hizo un movimiento

لم يقم أحد بحركة

-¿A quién le importa lo que digas? -dijo Alicia-

"من يهتم بما تقول؟ "قالت أليس

Para entonces ya había crecido hasta alcanzar su tamaño completo

كانت قد نمت إلى حجمها الكامل بحلول هذا الوقت

"¡No eres más que un mazo de cartas!"

"أنت لست سوى حزمة من البطاقات"!

Al oír esto, todas las cartas se alzaron en el aire

في هذا ، ارتفعت جميع البطاقات في الهواء

Y todas las cartas cayeron volando sobre ella

وسقطت عليها كل البطاقات

Ella dio un pequeño grito

أعطت القليل من الصراخ

Estaba medio asustada, pero también enojada

كانت نصف خائفة ، لكنها غاضبة أيضا

Y trató de quitarse las cartas de encima

وحاولت محاربة الأوراق من نفسها

Y entonces se encontró tendida en el banco de hierba

ثم وجدت نفسها مستلقية على الضفة العشبية

Su cabeza estaba en el regazo de su hermana

كان رأسها في حضن أختها

Algunas hojas muertas habían caído en su cara

سقطت بعض الأوراق الميتة على وجهها

Y su hermana estaba cepillando suavemente las hojas

وكانت أختها تنظف الأوراق برفق

-¡Despierta, querida Alicia! -dijo su hermana-

"استيقظي يا أليس العزيزة "إقالت أختها

—¡Qué sueño tan largo has tenido!

!"يا له من نوم طويل قضيته"

-¡Oh, he tenido un sueño tan curioso! -exclamó Alicia-

"أوه ، لقد كان لدي مثل هذا الحلم الغريب "إقالت أليس

Y le contó a su hermana todo lo que podía recordar

وأخبرت أختها بكل ما يمكن أن تتذكره

todas las extrañas aventuras sobre las que acabas de leer

كل المغامرات الغريبة التي كنت تقرأ عنها للتو

Alicia se levantó y salió corriendo

نهضت أليس وركضت

Y pensó, mientras corría, en su sueño

وفكرت ، بينما كانت تركض ، في حلمها

—¡Qué sueño tan maravilloso había sido!

!"يا له من حلم رائع كان"

www.tranzlaty.com